周木 律

土葬症

ザ・グレイヴ

実業之日本社

実業之日本社文庫

土葬症

ザ・グレイヴ

わかったー、じゃ明後日の件はよろしく！

おっけー車兄貴に借りとくわ

海久し振り超楽しみ！

りょ！　行き当たりまったりでいこうぜ

だね！

そーいや皆、あの噂は聞いた？

あの噂って何？

あーもしかして例の冒険部の？

そう

冒険部じゃなくて探検部だけどね

初耳だ！　超気になる！

コゲ臭いにおいがするぞ

「キナ臭い」な

キナ臭いっつーかもう燃えてる？

それって炎上的な意味？

マジで？

詳細希望、でもそれ聞いていい話なん？

いいか悪いかで言ったら微妙やね

大学からも緘口令が出てるらしいし

まさかケーサツ沙汰？

YES

MAJIDE?

こっわ（ブルブル）

何それ詳しく教えてもらっていっすか？（好奇心）

ダメー教えないw

うそん

吝嗇だねえ

ぶんばら？

りんしょく――ひどく物惜しみすること、けち

ありがと、恥ずいのでちょっと穴入ってくる

www

で、もったいぶって結局話さないってわけ？

そらあかんやろ

えー話すの？　どうしよっかなあ

ええやん！　話せばええやん！

まあ少しくらいなら吝かではないぞ

穴から這い出てきたよ！　りんかって何？

やぶさかだよ、わざと言ってるだろw　もっかい穴入ってこい

ともかくちょっとおぢさんに説明してみ？

説明ってもなあ

まあ普通に人が死んだだけなんだけどね

ちょw　人がちんどるw

十分おおごとじゃん！

普通ちゃうわ

まさかのまさかだけど、それって殺人事件？

コロシと言いたいところだけど

ただの事故らしいね

なんだ事故か、はい解散

ホッ、よかった殺された子はいなかったんだね

待て待て俺も事故の噂は聞いたけどさ

不審な点がかなりあるって話じゃなかった？

そうだね

つまりちょっとフツーじゃない事故だと？

うん、だから警察も動いてるって

フツーの事故なら緘口令なんか敷かないだろうし

なるほど確かに

これは盛り上がってまいりました！

でもそれって大学側が過剰反応してるだけじゃない？
フショージ的なのってイメージに関わるでしょ

そう言われるとそうかもしれないなー

なんだよ噂は噂でしかないってことか

でもさー火のない所に煙は立たぬとも言うし

その辺り総合して考えると……

やっぱりただの事故じゃない

ってことになるよね

KOWAIWAA

なんだよ震えがとまんねえぞw

もしかしてマジやばい話してんじゃない俺ら？

でもさ、探検部でそんなことあったんだねえ

そもそも事故っていつあったん？

昨日かおとといって聞いた

つい最近じゃん

どこかの山で合宿してたっぽい

そのときの事故だってさ

合宿で事故、ありがちっちゃありがちだな

（オレラモウミイクシキヲツケヨウネ）

ていうか探検部ってマイナーなサークルだよな

あいつらいつもどこで何やってんだろ

あたし誘われたことあるよ、入らなかったけど

そもそもあそこ今、何人いるんだっけ

８人くらいじゃなかった？

ちっさw

弱小サークルだしね、そんなもんよ

確か皆２年生だったよな

うん、同級生だよ、誰かはよく知らんけど

俺も知り合いはおらんなー

しかし事故って、そんなにハードなことしてたんかね

イベサーと大して変わりないって聞いたことある

少なくともリアル探検はしてなさそうだな

うん、飲んで騒いで終わり、みたいな

お友達サークルは社会じゃ通用しないな（キリッ）

でも８人なら全員が「副部長」名乗れるから就活に有利じゃね？

確かに！

その発想はなかった！

ちょ、今からでも入部できる？

wwwww

話戻すけどさ、事故の件は新聞に載るのかな

載るんじゃね？　ほとぼりがさめた頃に

だとしたら、そのときに誰が死んだかわかるかな

新聞に載らなくても、夏休み明けにわかるよ

なんで？

急にこなくなった奴がいればそいつ

あー、でも中退と区別つかなくね？

www

待って、ボクそれ笑いごとじゃない

前期の単位ヤバかったもんね

アーアーキコエナイ

まあ、何にせよいずれわかるっしょ

そだね

そもそもよく考えたら探検部の話、俺らには直接関係なかったわ

うん、別に是が非でも知りたい話じゃなかったw

俺もー、てことで俺寝るわ明日早いしドライバーだし

マジそうして！　あたしらも事故りたくないw

アーアーキコエナイ

じゃ本日解散ということで！

りょー、明日は楽しもう！

ニャー

ではではおやすみなさい

おやすー

OYASUMI

おやすみなされませー

おやすみー

オヤスミ世界

アーアーキコエナイ

もうええわ

1

指一本分の幅だけ開けた窓から入ってくる涼しい風に、大池正人《おおいけまさと》ははっと目を覚ました。

いつの間にか、うつらうつらとしていたらしい――きっと、今日までの準備で疲れていたせいだ。どのくらい意識を失っていたのかはわからないが、車窓の景色は、単調な高速道路から曲がりくねった山道へと変わっていた。その道を、運転手と助手席にひとり、真ん中のシートに三人、後ろのシートに二人の計七人を乗せたミニバンが、エンジンを唸《うな》らせながら快調に進んでいる。

正人は、無意識に口元を拭うと、窮屈なシートからずり落ちかけていた身体《からだ》を起こし、緩慢に座り直した。

「おっ、正人おはよう」

気配を察したのか、助手席からひょっこりと鷹取浩司《たかとりこうじ》が顔を出し、真後ろにいる正人に話し掛けた。

「やっと起きたな。いつまで寝てるのかと思ったぜ」

「あー、ごめん」

「謝んなくてもいいよ。むしろ心配したんだぜ。お前、異様によく寝てたし、もしかしてもう二度と起きないんじゃないかって思ったくらいだし」

そう言うと、浩司は悪戯《いたずら》っぽい顔で笑った。

浩司は、決してハンサムというわけではないし、背も高くはない、けれど、なんとなく人を惹《ひ》きつける愛嬌《あいきょう》のある顔つきで、いわゆる雰囲気イケメンの同級生だ。髪を茶色に染めていて、性格も快活、この「探検部」で部長を務めるリーダー格だ。

浩司は、夏の盛りのこの暑さだというのに首に巻いた赤いマフラーを、男にしてはやけにしなやかな指先でいじりながら言った。

「それより、狭くてごめんな。背の高いお前にはきついだろ?」

「それは大丈夫。慣れてるから」

正人はもぞもぞと身体を動かした。ひとりだけ一九〇センチ近い身長のある正人には、ミニバンの三人掛けシートは確かに窮屈だ——だが、自分の車でもないのだし、文句は言えない。

「狭いって何よ、あたしんちの車だよ？」

運転席の女の子が、文句を言わない正人の代わりに口を挟んだ。

「浩司さあ、人様の車に乗せてもらって『狭い』っていうのは、ちょっと失礼じゃない？」

「そうかな。事実だと思うけど」

「よかないよ。事実だとしても、そこをうまくオブラートに包んで角が立たないようにするのが、マナーってものじゃん。そもそも去年より車も広くなってるんだよ？」

憤慨したように、彼女――小林亜以子《こばやしあいこ》が、頰を膨らませた。

ミニバンは、亜以子がお父さんから借りてきたものだ。去年とは車種が変わっていて、車体はやや大きくなっている。ただ、去年も今年も、運転手は亜以子だ。ボーイッシュなショートヘアーに、真っ白なTシャツを着て、水色のスカートを穿《は》いた亜以子は、可愛《かわい》らしい狸顔《たぬきがお》で、いつも活発な印象を持つ女子だ。ともあれ、運転免許は皆持っているが、任意保険の関係で、ハンドルを握るのは亜以子だけ、と、彼女は父親から厳命されているらしい。

「あー、了解。以後気を付けますー」

「心がこもってない！　謝るならきちんと謝る！」

「はいはい。ごめんなさい、亜以子さま。これでいいかな？」

「んー……まあいいでしょう。でも、許すか許さないかは、今後の行い次第だね」

亜以子が、運転したまま、不承不承と言いたげに肩を竦《すく》めた。

よそ見のできない亜以子に隠れて、浩司が正人に向かって舌を出す。

もちろん、二人のこんなやり取りは、今に始まったことではない。というのも、二人は付き合っていて、しばしば他愛のないじゃれあいを探検部の面々の前で披露するのだ。だからそれは、口論というよりも、単なるのろけだ――と、正人は感じていた。

そんなのろけを見せながらも、亜以子はしっかりと運転に集中し、浩司もマフラーを大事そうにいじっている。このマフラーは、浩司が亜以子と付き合い始めた今年の初めに、亜以子から貰《もら》った手編みのものらしい。それが浩司にとってどれだけ嬉《うれ》しいことだったのかは、未《いま》だにマフラーを片時も手放さない態度から、明らかだった。もっとも、今は八月、うだるような猛暑でもマフラーを巻く様は、異様でもあったのだが――。

ともあれ、二人は身長も同じくらいの、似合いの探検部公認カップルではあった。

ひととおりのやり取りでとりあえず納得したのか、亜以子がカーステレオのスイッチを入れる。

車内に、お洒落《しゃれ》な雰囲気のある曲が流れる。亜以子が、これは何々というバンドで、最近クラブでよく流れていて人気があるのだと言うと、助手席の浩司が、洋楽の何々っぽいねと軽く答えた。音楽に詳しくない正人には、もちろん何を言っているのかはよくわからない。

「しっかし、相変わらずこの辺り、寂れてるな」

正人の隣、座席の真ん中に座る栄太一《さかえたいち》が、膝の上に置いたノートパソコンを見つめたまま、フレームのない眼鏡《めがね》を細い右手の中指でくいっと押し上げる。

太一はやや小柄で、細身の男だ。半袖のシャツからは肉のない腕が覗《のぞ》いている。

「去年も来たけど、またここに来る意味あったんか？」

「いいじゃん、別に」

「いいじゃんって、周囲に何もあらへんやろ。観光地だってなんもないし」

「それがいいんじゃないか。それに、宿も安いだろ」

「そりゃ、そうやけど」

答える浩司に、太一は眉根を寄せると、手に持ったノートパソコン——太一があらゆる情報を集積し、その情報が何かは知らないが、「この薄い機械こそ、おれそのものなんやで」とまで自慢する彼の宝物だ——を、ぱたりと閉じる。

そして、眼鏡でカムフラージュされた、意外と端整で美形といってもいい顔を浩司に向けると、皮肉っぽい口調で続けた。

「だからって、わざわざ二年続けて同じ場所に来なくてもよかったんちゃうん？そもそもやな……」

文句めいた続きを言おうとした太一は、不意に、口を噤《つぐ》んだ。

その僅かな沈黙に、正人は察する。きっと太一は、あえて言うまでもないと思ったのだろう。そもそもの後には、当然「あのこと」が続く。そして、その「あのこと」は、皆、忘れるはずもないのだ。「あのこと」が起きた場所にまた行くのだって、そのことに誰も反対しなかったのだって、きっと皆の心の中に、「一周忌」を悼みたい気持ちがあるからに違いないのだから——。

ややあってから、誤魔化すように言った。

「まあ、とにかくや。宿が安いのはまあええな。それは認める。感謝するわ」

「そうそう。くれぐれも宿担当の箕谷《みのや》さんには、感謝することだね」

あえて明るい口調で、浩司が最後列のシートに座る彼女を見た。

彼女——箕谷凜《りん》が、きょとんとした顔で答えた。

「ぼく？　ぼくが何かしたかな」

「予約してくれたじゃん。コテージを」

「確かに、それくらいはしたよ。でも大したことじゃないよ。だって、ネットで調べてポチればいいだけだもん」

可愛らしく小首を傾《かし》げると、金髪のツインテールがくるんと揺れた。

凜は、いわゆる「不思議ちゃん」な女子だ。普段はロリータファッションで学内を闊歩《かっぽ》している。だが、話をしてみると意外と真面目《まじめ》で頭がよく、常識も弁《わきま》えていて、何より小柄でフランス人形のような可愛らしさがあるので、実は、男女問わず人気がある。

探検部でも、合宿担当副部長として、合宿場所の手配をきちんとこなしてくれていた。

「どの場所がいいかだって、ぼくが決めたわけじゃないし」

「まぁ、それは、皆で決めたことだしね」

運転席から、バックミラー越しに亜以子が言った。

「なんていうか……一周忌だし。そういうのって、大事じゃん？」

「………」

なんとなく一同が無言になる。そんな微妙な空気を察したのか、亜以子は誤魔化すように言った。

「で、でも凜さ、今日はフリフリじゃないんだね。それ何？　ツナギ？」

「うん。合宿にロリータファッションはないと思って」

「ふーん。そんな服、持ってたんだ」

「ぼく土木学科だから。研究室で実験があるときはいつもコレ着てるんだ。汚れても構わないし、探検部の合宿にはちょうどいいでしょ？」

そう言うと凜は、「大村研《おおむらけん》」と刺繍《ししゅう》された水色のツナギの、平たい胸を張った。

「ていうか亜以子ちゃん、ぼく、去年もこれ着てたと思うよ？　覚えてない？」

「んー、そうだったっけ？　あはは」

別にどうでもいいことだと言いたげに、亜以子が軽快にハンドルを切ったまま、乾いた笑いを返した。

「もう、亜以子ちゃんっていっつも、いい加減なんだよね……」

「ほらほら、邪魔したらだめよ、凜」

適当にいなされ、むっとしたように上唇に空気を溜《た》める凛に、その横に座る女子が、滑らかな長い黒髪を揺らしながら、優しい声色で言った。

「えー、でもさ麻耶《まや》ぁ……」

ぷうっと膨れる凛に、濃赤の長袖ブラウスに黒のスリムジーンズを穿いた彼女──青木《あおき》麻耶が、切れ長の目を細めると、優しく慰めるように言った。

「亜以子は運転に集中してるの。言いたいことは、後にしましょう?」

「はーい」

意外と素直に、麻耶に返事をする凛。この図式は、同級生でも、まるで姉と妹のようだ。実際、麻耶のほうが凛よりも少しだけ背が高い。

そして、そんな麻耶をちらりと、太一を挟んで正人の反対側にいる男が振り返る。

「………」

坊主刈りで中肉中背、ごつごつとした無骨な顔の男──西代悠也《にしだいゆうや》は、探検部の訓練担当副部長だ。半袖から覗く腕は筋肉質で、いかにもスポーツをやっていそうな雰囲気があるが、その実性格は学者肌で、いつも無口だ。

そして悠也は、今日も彼のトレードマークとも言える青いキャップを被《かぶ》っていた。キャップには、よく見ると鍔《つば》に幾つもサインが入っていた。正人はよく知らないのだが、これはアイドルオタクの悠也が追っかけをしている、アイドルグループのサインらしく、悠也はこのキャップをいつも大事に、肌身離さず被っているのだ。

「そろそろ着くんじゃないか？　脇道に入ったし」

浩司が、能天気な口調で言った。

ミニバンは、彼の言うとおり、いつの間にか曲がりくねった山道からさらに、切り立った崖の上のガードレールさえない小道へと入っていた。

そう、この道だ――正人は、去年の今ごろのことを思い出す。

探検部は去年も、この道を使った。

部長を務める少しお調子者の鷹取浩司、当時はまだ浩司と付き合っていなかった小林亜以子。副部長である不思議ちゃんの箕谷凜と、物静かな西代悠也。ややひねくれ者の栄太一と、しっかり者の青木麻耶に、大池正人。そして――。

もうひとり、去年はいたのだ。今はいない、あの子。

当時は全員一年生だった八人が、今日と同じような暑さと、同じような湿り気と、同じような高揚感と、そして唯一去年と異なるある罪悪感とともに、亜以子が運転するバンに乗って、あの場所へと向かっていたのだ。

そう――あの、さまざまな記憶を呼び覚ます、キャンプ場に。

＊

軽自動車一台分くらいの幅しかない、崖沿いの細い道を抜けると、急に視界が開けた。

眩《まぶ》しい日差しが、窓越しに正人の目に飛び込む。

思わず目を細めた先には、山間《やまあい》の集落があった。

いや、正確には集落だったもの、と言うべきかもしれない。ここにはかつて、そこそこの規模の村があった。だが近年、若者が都会へと出て行き、残された老人たちも徐々に転居してからは、ほとんどの家屋が打ち捨てられ、そして無人となったのだ。

ただ、捨てる神あれば拾う神あり、というものだろうか。

とあるレジャー会社が土地家屋ごとこの場所を買い取り、キャンプ場として再整備したのだ。村としてみれば産業もなく住むには値しなくとも、レジャー地としてみればここには泳いだり釣りをしたりできる渓流がある。散策に適した林道もあるし、村が遺《のこ》した水道や電気も十分に整備されている。そこに目を付けた企業が、古い家屋をほとんど取り壊しこそしたものの、一部の古民家を今風に改造した上でコテージとして再利用し、新たにキャンプ場として村ごとリフォームしたのだ。

知る人ぞ知る山間のレジャー地でほとんど人もいないが、いずれ名が知れれば、夏休みを楽しむ家族連れで賑《にぎ》わうようになるだろう。今のところは、まだ正人たち探検部の面々が、昨年と今年の合宿地に使っているくらいだが——。

亜以子が、平坦《へいたん》なグラウンドの片隅にミニバンを止める。

正人たち七人は、狭い車内から逃れるように、われ先にとグラウンド——かつて村役場があった場所だそうだ——に降りると、都会にはない爽やかな緑の澄んだ空気に、誰もが無意識に深呼吸をした。

正人も、うーん、と声に出して背伸びをする。

背の高い正人の指先が、探検部の誰よりも高い場所で青空を指差す。このままジャンプをしたら、もっと高い場所に届くだろう。何しろ正人は、高校時代に走り高跳びの選手だったのだから。

「なあ正人、さっきから言おう思っててんけど、お前、随分場違いな格好をしてへん?」

不意に誰かが、正人の後ろで、からかうように言った。

振り返ると、太一が腕を組んで正人を見上げていた。

「上は黒い長袖、下も黒のデニム。まるでカラスやぞ」

「いいじゃん。好きなんだよ、黒」

正人は抗議するように、答えた。こういう格好をしたくてしているのだから、文句を言われる筋合いはない。

「それに、薬品をこぼしても目立たなくていいんだよ」

「そういや正人、化学系の学部やったな。とはいえなぁ……やっぱTPOってもんがあるやないか？　探検部で合宿に来たんやから、動きやすくて運動に適した、汗を掻《か》いてもいい格好をするのがベストってもんやろ」

「そういう台詞《せりふ》は、マフラーのあいつに言ってほしいな」

肩を竦めると、正人は向こうで亜以子とともに背を向けている浩司を指差す。

「あれこそTPOを弁えてない格好じゃないのか？」

「まあ……それはごもっともや。せやけどな」

太一は、眉をいかにも疎ましげに歪《ゆが》めた。

「あいつはTPO以前の問題や。言っても無駄っていうんかな」

「確かに。ていうか浩司、別れるまで、マフラーを巻き続けるつもりかな」

「たぶんな。アホやで、あいつ」

「まあまあ。そこは、一途《いちず》って言ってあげよう?」

二人の会話に、柔和な笑顔の麻耶が割って入った。

「あ、麻耶」

「アホかもしれないけれど、あんなにラブラブなんだもの、見方を変えれば微笑《ほほえ》ましいともいえるんじゃない?」

「まあ、それは、そうかもしれんな」

「それに浩司くん、首にコンプレックスがあったでしょう」

「ああ……あの火傷《やけど》の痕、いつも気にしてたな」

太一は、何かを思い出すように目線を左上に向けながら言った。

正人も思い出す。浩司の首には、大きな紫色の火傷痕があった。何が原因でできたものかは聞いたことがない。浩司はそれがコンプレックスなのか、自分からその火傷痕について言及することはなかったし、いつも、できるだけ首元が隠れるような服を着ていたのだ。

「亜以子ちゃんも、だから浩司くんにマフラーをプレゼントしたんだって聞いたことがあるわ。自然に火傷痕を隠せるようにって」

「へー……そういうことなんやな」

　しかし太一は、それでも少し不服そうな表情を見せた。

「せやけど、やっぱり夏にマフラーってのはなあ……どう考えたって暑いやろ。それでも巻いてまうってのは、あれなんかな。『ライナスの毛布』的な」

「ライナス《Linus》って、スヌーピーに出てくる子?」

「せや。正しくは『ピーナッツ』やけどな」

　ピーナッツ。有名な漫画だ。チャーリー・ブラウンとスヌーピーが主人公の四コマ漫画と言えば、誰でもすぐに思い出せるだろう。

「あの漫画で、ライナスはいつも毛布を持っとるやろ? 『ライナスの毛布』っていうのは心理学的にはヒトやモノに愛着か執着しとる状態のことを指すんや。『安心毛布《security blanket》』とも言うな。子供がお気に入りのぬいぐるみを手放さないのも、これやな。大人になるにつれてそうした執着は薄れていくが、そうならない場合もある。あるいは……」

「大人になってから、新しいものに執着することがある」

「ご名答や。ライナスの毛布、転じて、コウジのマフラー、ってわけな」

「ふうん。知らなかった。太一くんって博識なのね」

「ま、まあな」

太一が、照れたように麻耶から視線を外した。普段はシニカルな太一も、大人びた麻耶の笑顔には弱いらしい。

同じくらいの背の高さの二人をやや見下ろす正人に、ふと、麻耶が言った。

「正人くんも、その格好……似合ってるよ」

「……ありがとう」

アイコンタクトをするように、正人は、麻耶と目を合わせた、そのとき——。

ふと誰かの視線を感じ、正人は後ろを振り向いた。

すると——。

「………」

無表情な悠也がいた。

悠也は一瞬、正人と目を合わせたが、すぐに視線を外すと、キャップを被り直し、バンのバックドアを開けて、皆の荷物を無言で下ろし始めた。

「あ、手伝うよ」

今年、亜以子が運転がしてきたバンの荷台は、前よりも広くて、もうボストンバッグの中身が潰れないか肝を冷やす必要もない——気軽に声を掛けた正人に、悠也は、小さいがよく通る低い声で、呟《つぶや》くように言った。

「……ありがとう」

＊

——探検部。

いつからその部が正人たちの大学に存在していたのかは、実際のところ誰も知らない。

大して大きい部活ではないし、大学非公認のサークルなので記録もない。何より、過去の歴史を連綿と口伝《くでん》してくれるはずの先輩もいないのだから、知りようがないのだ。

ただ、風の噂《うわさ》に聞くところによれば、創部された昭和三十年代当時には、まさしく本気の「探検部」だったらしい。日本全国にある未踏の洞窟を訪れては、その内側をくまなく探索し地図を作ったり、あるいは青木ヶ原樹海《あおきがはらじゅかい》のような場所で何週間も自給自足のキャンプを張ったりと、かなり真剣な活動を行っていたようだ。

だが、時が下るにつれてそうした色は薄れ、どちらかというと「レジャー」なサークルへと変わっていった。

もっとも学生の側も、「探検部」などという重苦しいイメージを持つグループよりも、「テニス部」「フットサル同好会」「イベントサークル」といった、よりライトな集まりへと流れていくわけで、結果として探検部は、知る者もいないくらいに廃れてしまったのである。

そんな探検部を復活させたのが、他でもない部長の鷹取浩司だった。

浩司は一年生として入学してすぐ、メンバーが院生ひとりしかいなかった探検部に入ると、自ら「部長」を名乗り、学部を問わず、同じ一年生を次々と勧誘していったのだ。

浩司いわく――「この部活は、探検という名のもとに、いろんなことをして遊ぶサークルにしたいんだ。上下関係なく、皆で楽しもう！」

もっとも、ほとんどの一年生は、他の真剣な部活や、もっと「遊び」の色の強い煌《きら》びやかなサークルに入っていった。結局、浩司の言葉に誘われて探検部に加入したのは、なんとなく大学生活を楽しみたくて、なんとなくどこかの団体には所属したいけれど、なんとなくそういう集まりが苦手な七人だったのだ。

だが、それだけ集まれば十分とばかりに、浩司はさまざまなイベントを企画していった。

夏には「訓練」と称し海でキャンプを張り、秋には「探査」と称し鍾乳洞《しょうにゅうどう》へピクニックに出かけ、冬もどこからか狭いサークル室を調達すると「探検企画室」と称し、正人たちに授業外の憩いの場を作り上げたのだった。

その意味で、正人は、浩司には感謝しかなかった。

なぜなら、彼は正人たちに「大学での居場所」を作ってくれたからだ。浩司はお調子者で、やや強引なところがある。それでも正人たちは、その居場所へと導いてくれた浩司のことを、部長として認め、素直に慕ってもいたのだった。

少なくとも、去年のあの日が来るまでは――。

「……というわけで、『歩行訓練』はここまで！」

先頭を歩いていた浩司が、グラウンドに戻るなりそう言った。

到着して、コテージで一休みした七人は、まず集落のすぐ傍《そば》を流れていた渓流沿いを、上流に向かって一キロほど歩いていった。道はそれほど悪くはなく、途中、ゆるく流れる冷たく澄んだせせらぎに足を入れたり、サワガニを捕まえたり、木陰で休んだりしながら、誰もいない渓流沿いの道を遡っていった。

いよいよ足元が悪くなってきた辺りで、スカートの亜以子が「これ以上は無理だよ」と言うと、七人はしばしその場で、各々、SNS用の写真をスマートフォンでパシャパシャと撮り始めた。誰が何を言わずとも、その渓流の景色はなかなか「映える」ものだったからだ。ひとしきり写真を撮り終えると、七人はあっさりと引き返し、やがて、元いたグラウンドへと戻ってきたのだ。

浩司の言葉によれば、これが「歩行訓練」であったらしい。

「えっ？　これでもう終わりなの？」

ツナギ姿の凛が、拍子抜けしたような顔で言った。

「ていうか、訓練だとも思わなかったよ？　去年はもっと歩かなかったっけ？」

「あのときは、まあ、下流側には道がずっと続いていたからね」

浩司が誤魔化すように言った。確かに去年は、もっとたくさん歩いた覚えがある。少なくとも片道一時間以上の道のりを行き来したのだ。

しかもその後には、あの思い出したくもない出来事を招いた、ランニング訓練があったのだ――。

「……まあ、去年のこともあるから」

ぽつりと、亜以子が気まずそうに言った。

その言葉に、凛も含めた一同は、それ以上言葉を継ぐことはなく、しばし重苦しい沈黙が、一同を支配する。

ミーン、ミーン、ミーン――。

ミーン、ミーン、ミーン――。

どこかでミンミンゼミが鳴いている。そこに時折、カナカナカナ、とヒグラシの寂し気な鳴き声が混じる。

ふと気が付けば、もう午後四時だ。夏の終わりの太陽が西に傾き、少し日差しも和らいでいる。

「……歩行訓練の後は、何をするの？」

沈黙を押し破るように、麻耶が言った。

その、まるで何事もなかったかのような口調に、浩司がすぐに、マフラーのせいで汗びっしょりになった顔に満面の笑みを浮かべると、やはり、何事もなかったかのような調子で続けた。

「よく聞いてくれました！　次は『調理実習』だよ。亜以子、炭と材料の用意は？」

「ラジャー！　クーラーボックス持ってくるね！」

亜以子が、元気よくコテージへと走っていった。

日が沈み、辺りが見る間に暗くなるころには、コテージのすぐ傍に設《しつら》えられたバーベキュースタンドに炭が入れられ、赤々とした光を放っていた。

*

バーベキューの用意は、驚くほどスムースに進んだ。

亜以子と凜、麻耶の三人は、連携して食材をカットすると、それから各々サイドメニューを用意し始めた。亜以子はサラダとカルパッチョ、凜はお洒落なエビのアヒージョ、麻耶はカマンベールを丸ごと使ったチーズフォンデュ。おそらく、事前にあれこれと準備していたのだろう。

一方の男性陣で活躍したのは悠也だった。物静かな悠也はひとり、黙々と炭の火熾《おこ》しをした。やったことがあればわかるのだが、炭に火を入れるのはなかなか難しい。どこでマスターしたのかはわからないが、悠也は炭を綺麗《きれい》に組み上げると——ここに上昇気流の道筋を作るのがポイントらしい——新聞紙を利用して火を着けたのだった。

かくして、正人と浩司と太一には特に役割もないまま、気が付けば網の上でカルビやソーセージがじゅうじゅうと美味《おい》しそうな音を立てていた。

「では、調理実習、開始します！」

浩司の号令に、七人は「カンパーイ」と声を唱和すると、各々のプラスチックコップに注《つ》がれたジュースを飲み干し――皆、大して酒には強くはなかったし、運転をする亜以子にも気を遣っていたのだ――それから、次々に箸を伸ばしたのだった。

やがて――。

何時間か、食べたいものを食べ、飲みたいものを飲み、楽しい会話や冗談の合間にも何枚もの自撮りを挟むうち、気が付けば辺りはもう真っ暗になっていた。

正人たち七人を照らすのは、コテージから洩《も》れる橙色《だいだいいろ》の明かりと、炭の赤い光だけだ。どこからともなくリー、リーと一足早く秋の訪れを感じた虫の音が聞こえてくると、一同はふと――口を噤んだ。

ぶすぶすと、炭が燻《くすぶ》る音が、やけに耳を衝《つ》く。

満腹のまま、正人たちは無言で炭火を囲む。まるで、誰かが口火を切ろうとするのを、互いに牽制《けんせい》しているような、緊張した嫌な空気が漂っている。

羽虫が、火に飛び込み、チュッと身を焦がす。

サアッ、と、山の夜のやけにひんやりとした風が、首筋を撫《な》ぜた。

ぶるり――正人の無意識の震えは、武者震いにも似ている。

「……ねえ、皆？」

しばらくして――もしかすると十分は経《た》っていたかもしれないが――誰かが、口を開いた。

その台詞が、誰のものだったのかは、よくわからなかった。

よくわからなかったが、それでも――。

「彼女さ……きっと、苦しかったよね」

その誰かが発した言葉の内容は、一同の空気をピンと張りつめさせた。

彼女――。

それが誰のことなのか、あえて口に出さずとも、正人たちにはよくわかっていた。

去年。この場所に八人が来た。そして今年。この場所には七人しかいない。

残るひとり、すなわちこの場にいない――来ようにも来られない、彼女。

「……やめへん？　あいつの話」

独り言のように、太一が呟く。

太一は手元のノートパソコンを開けたり閉めたりしながら――ネットに繋《つな》いだものの、この山奥に届く電波は微弱で、まったく役に立たない、そう言いたげな表情だった——早口で続けた。

「もう終わったことやん。おれらが気に病んだって、もう仕方ないわ。忘れたほうがええやろ。うん、それがええわ」

「いや、それは違うな、太一」

心なしか項垂《うなだ》れ、マフラーに顔を埋《うず》めながら、浩司が言った。

「彼女のことは、いつまでも忘れるべきじゃない。少なくとも俺たちは、死ぬまで心にとどめ続けなきゃいけないことだと思う」

「せやかて……じゃあ、どうすればええっちゅうねん」

「そんなの決まってる。だから、ここに来たんでしょう？」

麻耶が、やけに真剣な口調で言った。

「本当はわたし、あの子に直接謝りたいと思ってる。あの子がどれだけ苦しんだか。わたしはあの子に救われたはずなのに、わたしはあの子を全然救えなかった。それを思うと、本当に申し訳ないって、心から思う。皆も、そうだよね？　だからまた、この場所に来たんだよね？」

「……せやな」

「もちろん、あの子はもういない。でも皆で、こうやってまた集まって、あの子のことを思い出して、心の中でごめんなさいって唱えることは、きっと……悪いことじゃないと、思うんだ」

「………」

麻耶の言葉に、太一が黙り込む。

麻耶もまた、自分の発した言葉の意味をもう一度味わうように、口を閉ざす。

そうして――また、沈黙が一同を支配する。

バーベキューの後、パチパチと炭が爆《は》ぜる心地《ここち》よい音をBGMにした、気だるさもまた愉《たの》しい合宿の夜――そんな、素敵なものになるはずの時間が、これほどまでにいたましく思えるのは、なぜか?

それは、本当ならばこの場にいるべき人がいないからだ。

そう――彼女が。

＊

彼女は、探検部に最後に入部した女子だった。

理学部のあまり目立たない彼女を探検部に連れてきたのは、他でもない浩司だった。おそらく、どのサークルにも所属していない彼女を、半ば強引に部に勧誘してきたのだろう。

だが、小柄で童顔で、可愛らしい女子中学生のような雰囲気を持つ彼女のことを、一同はすぐに受け入れ、好きになり、そして探検部の八人目の仲間にしたのだった。

ただ彼女は、よく「わたし、あまり身体が強くないんだ、迷惑を掛けたらごめんね」と、事あるごとに言っていた。先天的に心臓に障害を持っているらしく、薬も飲んでいるし、日常生活にも気を付けなければいけないのだと。もっとも、ぱっと見て彼女にそこまでのウィークポイントがあるようには感じられなかったし――心臓の疾患は意外と姿形には出にくいのだ――一同は「わかった。あまり無理しないでね」と言いこそしたものの、きっと、そのことの本当の危険性を、誰も深刻に認識などしていなかったのだろう。

だからこそ――あの事故は、起きてしまったのだ。

一年前、まさにこの場所で。

「無理に、この部に誘わなければよかったのかな」

浩司が、赤い残り火を見つめながら言った。

「俺、最初から言われてたんだ。『もしかしたら私、足を引っ張ってしまうかも』

って。でも無理やりこの部に引き入れて……だから、彼女は」

「……鷹取のせいじゃ、ねえよ」

浩司の語尾を掻き消すように、低い声が響いた。

声の主は――悠也だった。普段は寡黙であまり話さない悠也は、顔を伏せると、キャップを深く被り直し、視線を隠して言った。

「訓練スケジュールを作ったのは、僕なんだ。あんなスケジュールを僕が配慮もせずに立てたから、あんなことに……」

「ううん。それも違うよ、西代君」

悠也の悔恨に満ちた言葉を、今度は凜が遮った。

「ピクニック程度の訓練だったでしょ？　まさかそれで倒れるなんて、誰も思わないよ。それに……それを言ったらぼくだって……こんな炎天下になる場所を合宿先にしたのは、ぼくなんだよ……」

すん、と鼻を啜《すす》ると、凜は両目をこすった。

「ちょっと考えれば、すぐにわかることだったんだよ。合宿先にはもっと、いい場所を選ぶべきだったって。だから……ぼくのせいなんだよ」

「わたしも、そうよ」

麻耶が、膝を閉じたまま、真剣な眼差《まなざ》しで言った。

「わたしはずっと、いつも一緒にあの子の傍にいた。それなのに……倒れたあの子を、助けてあげられなかった。もし、わたしがもっとちゃんとしていたら、助けることができたのかもしれないのに……」

「………」

——それぞれの独白が、続いた。

それは、事故があってから一年、それぞれの心の内に閉じ込め続けていた、それぞれの後悔と、それぞれの懺悔《ざんげ》であったのかもしれない。

もちろん、何も言わない者もいた。太一と、亜以子、そして——正人だ。

実は正人は、彼女が倒れたとき、その場にはいなかった。

季節外れの夏風邪《なつかぜ》を引いて、体調を崩していたのだ。熱を出し、ひとりコテージで寝ていた正人の記憶にあるのは、突然慌ただしい雰囲気を感じて目を覚ますと、見えたのはグラウンドで彼女が倒れている姿と、そんな彼女を、皆が荷物をぶちまけながら介抱している光景だった。あの光景がどれだけショックなものだったか。正人には今もありありと思い出せる——たとえ正人が、彼女の死因には関係していなかったとしても。

一方の太一と亜以子は、皆が口にする言葉を、緘黙《かんもく》のままに聞いていた。

もちろん、眠っているわけでも、無視しているわけでもない。それぞれにしっかりと見開いた瞳の奥には、二人の心の内が間違いなく透けて見えた。

そう——きっと太一は、救急車を呼ばなかったことを後悔しているに違いない。

彼女が倒れたとき、太一は「寝てれば大丈夫やろ。一一九なんて大袈裟《おおげさ》ちゃうん」と言って、しばらく連絡するのをためらっていたのだ。

なぜそんなことを言ったのかはわからないが、きっと、太一なりに混乱していたのだろう。確か心理学では正常性バイアスと言ったと思うが、人の心には事象を自分の都合のいいように過小評価する性質がある。太一は普段がシニカルな分だけ、いざ非常事態となると、そんなバイアスが働きやすい性格だったのかもしれない。

そして亜以子もまた、真一文字に結んだ唇の奥で、じっと何かを嚙《か》み締めていた。

噂——そう、あくまでも噂では、だが——。

亜以子はあの日、彼女が持参していた心臓の薬を、隠していたらしいのだ。

当時から亜以子は浩司が好きだったこと、一方の浩司は亡くなった彼女に惹かれていたということとも相まって、噂はやけに不穏な内容のものとなっていた。

とはいえ、正人を含む探検部の面々には、普段は快活で裏表なく人に接する亜以子に、そこまでの悪質な思惑が潜んでいるとは思ってはいなかった。だからきっと、薬を隠していたというのも、軽い悪戯心でしたことなのだろう。そもそも薬を隠したということそのものが噂で、真実かどうかはわからないのだ。そして、仮にそうだったとしても、そうでなかったとしても、亜以子は今、彼女に対する深い後悔の念を抱いているに違いない。

その証拠に、亜以子は先刻から、ぎゅっと何かを握り締めていた。

それは、お守りだ。

どこにでもあるような、赤いお守り。浩司と一緒に神社に初詣に行った際に買ってもらったものだ——と、亜以子はいつか言っていた。以来、それは亜以子が片時も手放すことのない、名実ともに「お守り」となっていた。

そんな、宝物のようなお守りを握り締める亜以子の中に邪《よこしま》な心があると、誰が思うだろうか——。

——そして、どのくらい、時間が過ぎただろうか。

彼女に対する祈りのための、あるいはお互いの傷を舐《な》め合うような、長い夜。

しかしそんな夜も、どこからともなくキョキョキョキョキョと聞こえてくる、不気味な野鳥の鳴き声と、沈鬱な雰囲気にあえておどけたような亜以子の言葉で、現実に戻されたのだった。

「ねえ、そろそろ行かない？　……肝試しに」

＊

肝試し。

それは、今回の合宿スケジュールに組み込まれたイベントだった。

実は、このキャンプ場に繋がる道を、さらに山の頂に向かっていくと、知る人ぞ知る——と言っても、この辺りではかなり有名な、ある心霊スポットに出るのだ。

もう五十年以上前のことになるが、この辺りである飛行機事故があった。

まだ飛行機の主力がプロペラ機だった時代だ。整備不良で操作不能に陥った飛行機は、多くの乗客を乗せたまま、この山の頂付近に墜落したのである。

結果、この事故は、乗員乗客三十七名、すべて死亡するという悲惨な結末を迎えた。

戦後日本の航空産業黎明《れいめい》期の悲劇——遺族と地元の人々は、この事故を忘れまいと、共同して山頂に慰霊碑を立てたのである。

そして、時代は昭和から平成、そして令和へと移っていったが——。

いつのころからか——その慰霊碑に、幽霊が現れるという噂が立つようになった。

なんでも、真っ暗な夜、慰霊碑の周囲を、白くおぼろに光る火の玉が幾つも、ゆらゆらと悲し気に踊っているのだという。

そして、その火の玉の数を数えると、三十七——飛行機事故で亡くなった人々の数と、一致するのだ。

「嘘《うそ》かまことか、俺たちの目で確かめてやろうぜ」

そんなふうに浩司が提案したのは、一年前のことだった。

当時は八人だった探検部のメンバーは、乗り気だったり、逆に気乗りしない顔を——特に女子が——見せたりしたものの、「探検するには度胸が必要。度胸を付けるにはやっぱり、肝試しが最適だろ！」という強引な浩司の言葉とともに、結局、二日目の訓練の夜に肝試しをするスケジュールを組んだのだった。

だが結局、肝試しをすることはできなかった。

なぜならそのまさに二日目に、彼女が倒れて、帰らぬ人となってしまったのだから——。

「……この道をずーっと行った先に、あるんだよね？」

ハンドルを握る亜以子が、不安そうな声色で言った。

ミニバンが進む道は、キャンプ場までの道にもまして険しくなっていた。細く、そして舗装もされていない。薄く轍《わだち》が見えるか見えないかといった獣道のような小道が、七人を乗せたミニバンのヘッドライトに照らされて、どこまでも続いていくのみだ。

「ねえ浩司、本当にあるんだよね？」

「んー、どうだろうね」

助手席の浩司が、ナビを覗き込む。

「あれ？　いつの間にか道のないところを進んでるみたいだな。もしかして道間違えた？」

「えー、やめてよ！　これ以上道が細くなったら、あたしじゃUターンできないよ」

「まあそのときは俺が運転代わるよ……でも、分岐なんかあったかな」

首を捻《ひね》りながら、浩司がミニバンの行く手に目を凝らす。

「おいおい、道に迷うたってほんまかいな」

揶揄《やゆ》するように、太一が言う。

「勘弁してえな。幽霊探しに行って、おれらが幽霊になるなんて、洒落にもならんで」

「それは嫌だね」

相槌《あいづち》を打つように、凜が眉を顰《ひそ》めた。

「ケータイも繋がらないし……麻耶ちゃんのはどう？」

「わたしのもだめみたい」

スマートフォンをポケットにしまいながら、麻耶が肩を竦めた。

「ちょ！　マジで引き返した方がよくない？」

焦ったような口ぶりで、亜以子が言った。

だが、彼女はブレーキを踏まず、したがって車も止まらなかった。

そして、まるで何かに吸い寄せられているかのように——あるいは、何かよからぬ意図にしたがわされているかのように——山道を登っていたはずのミニバンは、いつの間にか、緩やかな下りの道を進んでいた。

気づけば、路面が舗装されていた。

補修されず、幾つもの罅割《ひびわ》れから雑草がぼうぼうに生えたアスファルトだが、乗り心地は先刻よりも格段にいい。

「あれ……もしかしてバイパスにでも出たのかな」

浩司が身を乗り出し、ナビを覗く。

だがナビは、依然として何もない「山の中」を示していた。

無口な悠也が、ぼそりと言った。

「廃道、じゃないかな」

「廃道？　もう使ってない道ってことか」

「……ああ」

「うーん……てことは、この先に何かがある？」

「………」

わからない、と言いたげに、悠也は無言で、キャップの鍔を引き下げた。

とはいえ、浩司の推理は、当たっていた。

五分ほどして、下りの道が平坦になったところで、道は不意に、細かい砂利《じゃり》が敷かれた広場のような場所に出て終わった。

急ブレーキ気味に車を止めると、亜以子が呟いた。

「……行き止まりね」

「ああ。やっぱりどこかで道を間違えたんだな。引き返すか。……ん？」

相槌を打った浩司が、行く手の暗がりに目を細めた。

「向こうに何かあるな。亜以子、ライトを上向きにできる？」

「うん」

素直に頷《うなず》くと、亜以子が右レバーの摘《つま》みを回した。すると――。

「……なんや、ありゃあ」

太一が、唸るような声色で言うと、そのまま絶句した。

ヘッドライトが照らし出していたもの。それは、巨大な建築物だったからだ。

コンクリートの外壁は、高さ十メートル、幅も優に五十メートル以上あり、手前に円く出っ張った曲面を描いている。壁はのっぺりとしていて、ところどころ疎《まば》らに、かつ不規則に、頑丈そうな鉄格子の入った小窓が見える。

「こいつは……何かの建物か？」

浩司が、訝《いぶか》し気に呟く。

その呟きに答えるように、凜が、最後部の座席から身を乗り出すと、パシャリと一枚、いかにも「映え」そうなその光景をスマートフォンで撮影してから言った。

「うわ、水垢《みずあか》で真っ黒だね。とても古い施設だよ。でも、明かりは点《つ》いていないし、壁も蔦《つた》が這《は》ってる。エントランスのドアも壊れちゃってるから、きっと、打ち捨てられて十年……ううん、二十年くらいは経ってるんじゃないかな」

「つまり、廃墟《はいきょ》ってわけか」

浩司もつられたように、スマートフォンでその廃墟を撮りながら言った。

「元はホテルか何かだったのかな？　それにしちゃ気味悪いけど」

「たぶん、違う。窓がやけに少ないし、鉄格子も入ってる」

確かに、ホテルにしてはやけに厳重だし、何よりも陰気――というより、どこか陰惨な雰囲気が漂っている。

「じゃあ、何だったんだろうね」

「わかんない。壁が手前に湾曲してるところからして、平面図はたぶん円形だと思うんだけど……」

「さすが土木学科《ドボッキー》」

「まあ、とにかくあれが何なんかは、行ってみればわかるんちゃうかな」

不意に太一が、ノートパソコンを小脇に抱えたまま、ミニバンのドアを勢いよく開けて、外に出た。

「おい、待てよ太一！」

慌てて、浩司が助手席のドアを開ける。

それにつられて正人たち五人も、わらわらとミニバンから降りていく。最後に亜以子がミニバンのエンジンを切って、キーを抜くと、ライトの明かりが消えて、辺りは闇に包まれた。

「わ！　真っ暗だ」

「そりゃそうやろ。ここは深ぁーい森の中やもんな。ひっひひひ」

「……やめてよ、そういうの」

「しかし、綺麗な星空だなあ」

誰の台詞ともわからない短い会話の後、ポッ、ポッと小さな明かりが幾つも灯《とも》っていく。

七人が、それぞれに持参していた懐中電灯を点けたのだ。

「ちぇ、真っ暗なのもよかったんだけどな。なあ正人？」

「うん、そうだね」

浩司の言葉に、正人は頷きを返した。

確かに、暗闇の一瞬見上げた星空は、吸い込まれそうに美しかった。

「ちょっと提案なんだけどさ」

浩司が、何かを企《たくら》むような、口の奥に笑いを含む声色で言った。

「もう、ここでいいんじゃね？」

「ここでいいって、何が？」

亜以子が、お守りを胸元に握りしめたまま、怒りと怯《おび》えが相半ばする口調で問い返した。

「まさか、ここで肝試しするつもりじゃないでしょうね」

「そのとおり！」

「えー……やだよ」

「いいじゃん。もう今さら引き返して、どこにあるかもわからない慰霊碑まで行くのは面倒だろう？　それとも、まだ山道を運転したいのか？」

「それは……」

「なあ、皆もいいだろ？」

浩司が、ライトで自分の顔をわざと下から照らし出しながら尋ねた。

「………」

数秒、どうしたものかと互いの顔色を窺《うかが》う一同だったが——。

「ぼく、はいいよ」

凜が、呆《あき》れたように肩を竦めた。

「ていうか、ここに来たときから、浩司くんがそう言いだすような気がしていたしね」

「さすが凜さま。わかってる。他はどうだ？　正人と麻耶は？」

唐突に名前を呼ばれてドキリとしつつ、正人は曖昧に頷いた。

「う、うん。僕も別に構わないよ。慰霊碑だろうが廃墟だろうが、怖いことには変わりないし」

「わたしも。反対したって、鷹取くんは強引にわたしたちを連れてくんでしょう？」

「そのとーり！」

頭を掻きながら、しかし浩司は、やけに嬉しそうに言った。

「というわけで、賛成多数により、目的地変更！　今からあのよくわからない施設に突入いたします」

ピッ、とマフラーの結び目を首の後ろに弾《はじ》くと、浩司は、くるりと踵《きびす》を返して、廃墟に向かって歩を進めていった。

全員に意見を聞いたわけでもないのに、賛成多数とは――まあ、それも浩司の浩司らしいところか。苦笑しながらも一同は、意気揚々と廃墟へと向かう浩司の後を、やれやれと言いたげな表情を浮かべながら付いていくのだった。
ふと――。
――フーン、フンフン、フンフフ、フーン。
――フンフフ、フンフフ、フフフフ、フーン。
どこからか、鼻歌が聞こえた。
――フンフン、フフフ、フフフフ、フーン。
――フーンフ、フーフフ、フフフン、フーン。
――フフーフ、フンフフ、フフフフ、フーン。
小さな、鼻歌だ。一体誰の、鼻歌だろう？
――フフフフ、フフフフ、フフフフ、フーン。
――フフフフ、フフフフ、フフフフ、フーン。
そして、これは何の、歌だったっけ？
――フフフ、フフフフ、フフフフ、フフフー。
あ、わかった。
――フフフ、フフフフ――。
太一が、声の主を探し周囲を見回すと――。

「通りゃんせ、通りゃんせ……」

悠也と、目が合った。

悠也は、彼が大事にするキャップを目深に被ると、にやり、と意味ありげな笑みを口元に浮かべたきり、また、無言になった——。

＊

——ボクは。

そう、ボクは。

仇《かたき》を討たなければならない。

彼女の仇を、討たなければならない。

めちゃくちゃにされた彼女の仇を。

無残なまでに引き裂かれた彼女の仇を。

泥と汚物まみれにされた彼女の仇を。

そして、今は土の下にいる彼女の仇を。

そう、ボクは——。

仇を討たなければならないのだ。
ボクの大事な彼女の仇を。
ボクの大事なたったひとりの友達の仇を。
ボクの大事な――「しーちゃん」の仇を――。

2

廃墟のエントランスは、さして大きくもない両開きの鉄扉だった。だらしなく手前に開け放たれた扉が、夏の夜の生温かい風に、キィ、キィと微《かす》かに嘶《いなな》きながら揺れている。

「随分狭いな。ここ、裏口ちゃうん?」

「どうだろうね」

太一の呟きに、浩司は扉の奥に懐中電灯の光を投げて言った。

「確かに、エントランスにしては小さいし、目立たないな。でも、道に面したところにあるし、やっぱり表玄関のような気がする」

「ぼくも浩司くんの意見に賛成」

凜が、扉の横に光を当てながら言った。

「ほら見て、表札がある」

「表札？」

凛の言葉に、一同はその光が当たる場所に視線を集めた。

そこには、凛の言うとおり、小さな木の表札が掲げられていた。

朽ちた表札には、黒墨の毛筆字体で、何かが書かれている。表面が酷《ひど》く汚れていて、ほとんど判別はできないが——。

「……『何ちゃら神病院』て、書いてあるように見えるな」

太一が、目を細めながら言った。

「神病院？　それって何だ？　神の病院？」

「知らんけど」

「もしかして、『精神病院』って書いてあったんじゃない？」

麻耶が、やけに神妙な表情で言った。

「それなら色々と説明もつくでしょう。入口がこんなに狭いのも、窓がほとんどなくて、鉄格子が嵌《は》められているのも」

「確かに……」

ここは、精神病院だったのか——そう思う一同の間に、一瞬、緊張が張りつめる。

今でこそ、世間は心を病んだ者にも一定の理解を持って、社会の一員として共存しようと――少なくとも努力は――している。

けれど、かつての社会は、治療という名の下に、そうした人々が表に出てこないように病院内に拘束しておくといったようなことを、ごく当たり前に行っていたという。しかも、とりわけ重い病態の者については、人目につかない場所にひっそりと建てた病院で、非人間的な治療を受けさせながら死ぬまで閉じ込めるというようなことも、あったとか、なかったとか――。

「つまりここ、昔は精神病院ってわけ？」

怒ったような口調で、亜以子が言った。

「でもなんで、こんなところにあるの？　なんでナビにも出てこないの？」

「そりゃ、山奥だからやろ。万が一病院から脱走しても街中に影響が出えへんようにしとんのやで」

「ナビにないのも、もう廃墟だからだね。敢《あ》えて残しておく必要もないんだろうし」

太一の言葉に、凜も続けて言った。

「ていうか、ぼくらがいるキャンプ場の集落も、もしかすると、この病院と関係していたのかもしれないね」

「あー、病院の関係者が集落に住んどったってことか」

「うん。だとすると、病院が潰れたことで、集落が廃《すた》れてもおかしくないよね」

「せやなー」

「………」

二人の会話を聞きながら、亜以子は、決して納得などしていないと言いたげに膨れたような顔をしつつ、不貞腐《ふてくさ》れたように黙り込んだ。

一同の会話を聞きながら、じっと、ひとり入口の奥の、不気味な暗がりを無言で見つめていた正人は――。

ややあってから、何かに従うように、口を開いた。

「とりあえず……中に、入ってみようか」

「………」

一同は、無言だけを返した。

その無言は、正人の言葉を決して肯定しなかったが、かといって否定もしてはいなかった――。

＊

建物の中に入っても、明るさが変わるわけではなかった。

だが、最後に入った正人が後ろ手に扉を閉めると、朽ちた鉄扉はピタリと閉じ、それきり、外と中とを厳格に遮断した。

と、すぐ耳元に、恐ろしいまでの静寂が襲ってきた。

風が通り抜ける音、梢の擦《こす》れる音、夜鳥の叫び声、虫の声——そうした自然が織りなす夜の音から、精神病院の厚い壁と硬い扉は、人工的に、かつ完全に、正人たちを隔離したのだ。

そして——。

建物の中では、無音とともに、空気がピンと張り詰める。

正人は、懐中電灯の光を行く手に向けながら、いつの間にかはるか先を進んでいた一同に追いついた。

「ね、ねえ……やっぱり引き返さない？」

左手で赤いお守り、右手で浩司の左手を握り締めながら、亜以子が不安そうな声を上げた。

「ほら、もうここには何もないよ。帰ろ？　もう十分でしょ？」

「帰ろう帰ろうと言われると、却《かえ》って行きたくなるね」

意地悪な声色で、先頭を進む浩司が言う。

浩司はいつの間にか、スマートフォンで周囲の様子を動画撮影していた。もっとも、映っているのは暗闇と、時折辺りを舞う蛍のような懐中電灯の光だけだ。

「俺は天邪鬼《あまのじゃく》なんだよ。それに、ここには何もないって、まだ入ったばかりじゃん」

「そ、そうだけど……」

「ほら、俺と一緒にいれば大丈夫だよ。怖かったら思い切り抱き着いていていいんだよ？」

「……バカ」

そう言いつつも、亜以子はそっと浩司に寄り添った。

ヒユウ、と太一が小さく口笛を吹いた。

「見せつけよるなあ、二人とも」

そう言いつつ、太一は持っていたノートパソコンを開けて、すぐに閉じた。歩きながら使うことはできないと思ったのだろう。

「しかしこの廊下、いつまで続くんやろな」

「だいぶ歩いたよね」

凜が、天井に光を投げながら答えた。

「ていうか、ここ、かなり大きい病院だね。ネットで調べたら出てくるかな」

「たぶんな。まあ、今は回線繋がらんし、帰ってからでないと検索できへんな」

「これだけ大きいと、患者もたくさんいたんだろうね……」

誰かの懐中電灯の光が、壁の合間にぽつんと存在していた扉を一瞬、照らし出す。灰色のペンキが塗られ、しかもそのペンキがあちこちで斑《まだら》に剝げた鉄の扉には、顔の高さあたりに、鉄格子の入った小窓がひとつついていた。

その小窓が何を意味するのか、あるいは小窓の先にどんな部屋があるのか。誰もがきっと気づきながらも、敢えて確かめようとするものは誰もいない――。

ふと、浩司が撮影を止める。

「ど、どうしたの浩司？　いきなり止まって……」

「あれ、見ろよ……廊下が行き止まりだ」

背中に隠れた亜以子に、浩司が行く手を指さした。

その先は廊下が突き当たり、袋小路になっているように見える。

その突き当たりの壁の真ん中には一枚、周囲が錆《さ》び付いた鏡があり、七人の姿と、それぞれが持つ懐中電灯の光を、くすんだ反射面にぼんやりと映し出していた。

「うわ、雰囲気あるな……貞子《さだこ》が出てきそう」

「ちょっと、脅かさないでよ……ていうか、行き止まりってことは、もう終わり？引き返す？」

「あー、いや……」

浩司が目を凝らすと、正人の後ろから麻耶が言った。

「廊下は、左右にまだ続いているみたいね」

「ああ、確かに……先があるね」

「まさか、まだ行くつもり……？」

「うん。まだまだ序の口だからね」

「えー……」

もう嫌だぁ――と、亜以子は、今にも泣きそうな声を漏らした。

だが、せっかくここまできたのだから、もはや引き返す選択はない。そう言いたげな一同は、亜以子の泣き言には耳を貸さず、さらに先へと歩を進めていくのだった。

＊

突き当たりで、廊下を右に曲がると、一同はなおも廊下を進んでいく。

幅が四メートルほどある廊下。板張りの天井は朽ちて、崩れかけている箇所がある。垂れ下がる電灯も、蛍光灯が割れていないものはひとつもない。足元に目を移すと、ところどころ破れのあるリノリウムの床に、崩れた天井の破片や、処方箋と思《おぼ》しき紙片、中には薬瓶や注射器といったものも、無残に転がっていた。

冷ややかな印象を持つコンクリート打ちっぱなしの壁の両側には、鉄格子の入った扉や、時折、左右に進む狭い通路も見えた。扉の横にはたまに「便所」だの「食堂」だの「当直室」だの、中には「処置室」や「独居房」といった、想像するだにぞっとする表示がなされている部屋もある。かつて、そこで何が行われていたのかは定かではないが、ここが精神病院であったというシチュエーションとも相まって、不気味さは倍増していた――。

「廊下、どこまで続くんだろうな」

唐突に、浩司が誰にともなく言った。

「右に曲がってから、もう五分以上は真っすぐ歩いてるぜ。これ、終わりがあるのかな。歩く速さが時速四キロだとしても……ええと」

「三百三十三メートル」

「そうそう、三百三十三メートル。さすが麻耶ちゃん、計算早いな」

おどけつつ、しかしすぐに真剣な顔に戻る。

「ていうか、そんなに長い廊下って、妙だよな？」

「……確かに、幅が三百メートル以上ある建物なんて、聞いたことないね」

正人は、浩司の疑問に追従するように言った。

「それに、見る限り廊下はまだ続いているし、いくら大病院でも、こんなにでかいなんて、ちょっとあり得ないんじゃないか」

「だよなあ……」

ふと――沈黙が訪れる。

どこまでも真っすぐ、果てしなく続く廊下。

そんな廊下を持つ建物が、この世に存在するのだろうか――？

「なあ浩司」

「わっ、びっくりした……脅かすなよ太一」

「脅かしてへんわ。てか、ちょっといいか」

太一が、何かに気づいたように目を細めた。

「もしかして、なんやけど、ここの廊下、ちょっと曲がってへん？」

「曲がってる？」

浩司が、訝し気に問い返しつつ、懐中電灯の光を行く手に投げ、目を凝らす。

「ああ。よく見てみ。暗いからわかりづらいけど、ちょっと左に曲がってるように見えへんか」

「そう言われてみれば、そんな気もするな……」

「リノリウムタイルの線を辿《たど》ると、わかりやすいね」

麻耶の言葉に、一同は視線を床に向ける。

なるほど——確かに、タイルの線は緩やかに左にカーブし、懐中電灯の光の届かない暗闇の中に消えていた。

「マジだ。この廊下、曲がってるじゃん」

「てことは、つまり……ぼくたち、真っすぐ進んでいたつもりが、同じ場所を、円を描くように回り続けていた、ってこと？」

「うん。たぶん、ね」

麻耶が、落ち着いた口調で頷いた。そんな麻耶の語尾に、正人も続けた。

「言われてみれば、この建物の外見も円かったよね。見取り図を描いたら、大きな円になってるんじゃないかな」

「廊下も同心円状に並んでいて、そこを私たちはぐるぐる歩いていた、ってことね」

「なるほど、それならいつまで経っても行き止まりにならないはずだ」

ははは、と浩司は軽く笑った。

「ちょ、浩司、笑いごとじゃないでしょ！」

亜以子が、そんな浩司を責めるように言った。

「あたしたち、どうやって戻ればいいのよ。曲がったところの道、覚えてるの？」

「大丈夫大丈夫。鏡があったT字路だろ？　いずれ出てくるから、そこで曲がればいいさ」

浩司は、危機感のない声色で言うと、再び歩き出す。

ほどなくして、浩司が言ったとおりの「鏡のあったT字路」が現れた。

左側の壁には周囲が錆び付いた鏡、そこから右側に、通路が伸びている。確かにここは、さっき曲がったT字路のようだが——。

「ここだろ？　曲がった場所」

「…………」

「念のため、一旦入口まで戻ってみる？」

「……うん」

無言で頷く亜以子に、浩司は、その脇道を入っていった。

このまま進めば、いずれ入ってきた入口に戻る——きっとそんなふうに楽観的に考えているのだろう浩司は、大股で先頭を歩き続け、やがて、突き当りの鉄扉へと至る。

そのノブに手を掛ける浩司。だが——。

「あれ？」

「ど、どうしたの？」

「……開かない」

ガチャガチャと、浩司はノブを何度も回す。

「おかしいな。入ってきたときは別に鍵も掛かってなかったのに……」

「なんや、おれに貸してみ」

浩司を押しのけ、太一がノブを回す。だが、幾ら乱暴に扱ってもノブは回らず、鉄扉は開く気配すら見せない。

「何、どういうこと？　なんでドアが開かないの？」

「知らん。知らんて！」

どないなっとんねん、と太一が険しい顔でなおも扉を開けようとする後ろで、ふと——。

「……やっぱり、道を間違えたみたいね」

ぽつりと、誰かが呟く。振り向くと、その声の主は——。

麻耶だった。

「道を間違えた？　まさか。鏡のあるT字路を曲がったじゃん」

焦ったように食って掛かる浩司に、麻耶はしかし、静かに答えた。

「気づいてなかったの？　鏡、あちこちにあったじゃない」

「あちこちに？」

「うん。だからわたしたち、たぶん、違う道を入ってきたんだと思う」

「マジか……いや、でも……」

浩司が、あからさまに狼狽《うろた》える。

「ほら浩司、だから言ったじゃん！　早く引き返そうって！」

怒りながらも、涙声で、亜以子が浩司を責める。

「こんなところで迷うなんて、洒落にならないよ！」

「…………」

「ちょ、亜以子、少し落ち着こうや。違う道を行けば、来た道に戻れるかもしれんし」

さすがの太一も、亜以子を宥《なだ》める。

「でも！」

「とりあえず今は、出口探すのが先やろ？　怒るのは後にしようや」

「……わかった」

太一の言葉に、やけに素直に頷くと、亜以子は、今度は自分が浩司の手を引っ張り、来た道を戻っていった。

一同はそれから、必死の思いで出口を探した。

麻耶の言うとおり、円形の廊下には、確かに、鏡の置いてあるT字路が幾つもあった。鏡に気づかなかったのは、どの鏡もひび割れたりくすんだりして、コンクリートの壁に同化していたからだろうか。

ともかく一同は、そのひとつひとつのT字路を横に入ると、突き当りまで進み、そこにある鉄扉のノブを「開いてくれ」と祈りながら摑《つか》んだ。

だが、どのノブも、回ることはなかった。

鉄扉はすべて、鍵が掛けられていて、開くことはなかったのだ。

そして、一時間後。

一同は——ある結論に至っていた。

正人にも、その結論が何か、容易に理解できていた。開く扉がないこと。進めども進めども延々と続く「同じような光景」に、今自分たちがどの方向に進んでいるのかも、あやふやになっていること。携帯にももちろん電波は入らず、したがって外と連絡を取れないこと。これらのことから導かれる結論、すなわち事実は、たったひとつだ。だが——。

「…………」

その結論を、誰も口にしようとはしない。

きっと、それが事実であると認めたくなかったのだろう。

口にすれば、推測が現実のものとなる。その現実に直面したくはなかったから、推測すらも、口にしたくはなかったのだ。

しかし――。

どれだけ抗《あらが》おうとも、結局は、それを認めざるを得ないのだ。

無言の一同の中、ただひとり――悠也が、キャップを再び目深に被り直すと、無感情な声色で、呟くように言ったのだった。

「……迷ったね、僕ら」

*

「…………」

しん――。

不気味な静寂が、一同を包み込む。

悠也の言葉に、一体何と答えるべきか。迷いに迷った挙句、結局は何も言葉にならず、一同はただスマートフォンの充電が十分に残っているかを確認したり、懐中電灯をひっしと抱きしめたりといった、混乱の体《てい》だった。

ふと気が付くと、正人も背筋に酷く汗を掻いていた。

見回すと、皆も額に、首筋に、汗を掻いている。マフラーを巻く浩司は、前髪から水滴を滴らせている。つまり——。

酷く、蒸し暑かった。

考えれば、当然のことだ。

山奥とはいえ、夏の夜はまだ決して十分に涼しいとは言えない。それどころか、コンクリートの建物が、昼間のうちに貯《た》め込んだ輻射熱《ふくしゃねつ》を今放出しているのか、常に、むわっとした熱気が漂っている。

悠也が、無骨な手の甲で汗を拭う。

はぁ、と凜も切なげな溜息を漏らす。

麻耶は、赤いブラウスの両方の袖を捲《まく》り、妙に白くて艶《なま》めかしい二の腕まで露《あら》わにした。

さすがの正人も、この酷い蒸し暑さと痛々しいほどの沈黙に耐えきれなくなったとき——。

「……さて、どうするか」

やけに低い声色で、太一が言った。

「現状は……迷った。そして……閉じ込められてもうた。どうしようもないわけやが……」

「どうもこうもないでしょ？」

投げやりな口調で、亜以子が言う。

「マジでやめてよ、こんなの……ねえ、あたし、早くコテージに帰りたいんだけど……」

「…………」

早くコテージに帰りたい、か——。

正人は思う。気持ちは痛いほどわかる。まさしくそのとおりだ。突然こんな状況に放り込まれて、涼しいコテージに戻ってシャワーを浴び、清潔な布団で眠りたい、そう思わない者はいないだろう。けれど——。

蒸し暑く、埃《ほこり》に塗《まみ》れた、真っ暗な廃墟の中。

出口もわからず、迷い、当てどなく彷徨《さまよ》っている。これが、現実だ。

しばし、どうしたらいいかわからず、呆然《ぼうぜん》とする一同。だが——。

「……なあ、懐中電灯の電池って十分あるんか？」

太一が、落ち着いた声色で、呟くように言った。

「電池……？」

訝し気に、目を細める浩司。

その後ろで、凜が答える。

「それは、たぶん大丈夫。ぼくと麻耶ちゃんで新品に交換したから。……ね？」

「ええ。ここに来る前に、全部入れ替えてある。それは、大丈夫」

「そうか。せやったら、とりあえずしばらく明かりは確保されてるんやな」

うん、とひとつ頷くと、太一は一同に向かって、諭すように言った。

「なあ、皆……聞いてくれへんか。おれら、今、出口がわからんくなって焦ってるけど、それってたぶん、今が夜やからやと思うんや」

「光がないから迷ってるってことか」

「せや」

険しい顔で頷く浩司に、太一は続ける。

「けど、夜ってのはいずれ必ず明けるもんや。時間が経てば必ず朝になる。朝になれば光が差し込んで、もっと、この建物の中も探索しやすくなる」

「それは、出口が見つけやすくなるってこと？」

「せやな」

亜以子の言葉に、太一は相槌を打った。

「無理に焦らんでも、じっとしてれば明るくなる。それまでの間なら、おれらの懐中電灯も持つやろしな。それから動き出したほうが賢明やと思うんや」

「つまり、太一は朝を待とうと言いたいのか」

「そういうこっちゃ」

太一は、浩司に向かって大きく頷いた。

ううむ――と浩司が長く唸る横で、正人はひとり、思う。

ただ不安なままふらふらと彷徨い歩いているよりも、「朝を待つ」と腹を括ってしまったほうが、結果的に体力も消耗しないし、外に出られる確率も高くなる。

確かに、それがいい。それが――「賢明な選択」なのだ。

「僕は、賛成」

正人は、小さく手を上げる。

「ぼくも。別にお腹《なか》も空《す》いてないし、大丈夫」

「わたしも賛成よ。今は午後十一時だし、明るくなるまでの六時間ぐらいなら、十分に頑張れると思う」

「……僕も、それでいい」

「ありがとう。浩司と亜以子はどうや？」

水を向けられた亜以子は、諦めたような表情で、やや投げやりに言った。

「慌てたって出られないんでしょ？　だったらあたしも、それでいいよ」

「はは……毒食らわば、皿までってか」

最後に、浩司が肩を竦めて、乾いた笑いとともに言った。

「いいよ。俺も。賛成だ」

「よし、決まりやな」

うん、と太一は大きく頷いた。

そして、その場に腰を下ろそうとした太一に――。

「あのさ……待つっても、ここで待つのは、やめない？」

亜以子が、懇願するように言った。

「ここって、狭いじゃん。もうちょっと別の場所を探そうよ。どうせなら、もっと落ち着く場所の方がいいよ」

「あかんやろ。別の場所を探して、下手《へた》に動いて迷うたらどうするんや」

「もう迷ってるじゃん。同じことだよ」

「まあ……そりゃそうやけど」

「奥に行ったら、広い部屋があるかもしれないじゃん。どうせ待つんだったら、もっと別の場所にしようよ」

「そうね。体力を考えても、その方がいいかも」

麻耶が、亜以子の言葉に同意した。

「ほら。ね？　動こう？」

「うーん……」

承服しかねる、とばかりに低く唸る太一は、数秒後、ぽつりと言った。

「浩司に任せるわ」

「え、俺に？」

「ああ。おれにはようわからんから。それにお前、部長やろ？」

「……マジか」

苦笑しつつも、しばし黙考の後、一同に向かって言った。

「もう少し建物の奥に、移動しよう」

＊

この廃墟には、円形の廊下がある。

ということは、その円には中心もあるはずだ。

もしかしたら、食堂跡のような、広めのスペースがあるかもしれない。

そこならば、太陽が昇るまでの間、身体を休めることができるし、何よりも、建物の中心にいるという「位置関係」を掴みやすい。

歩きながら、浩司は自分の判断の理由を、そう説明した。

なるほど、聴く限りでは一理ある理由にはなっている。

だが正人にはわかっていた。その理由をまくしたてるように述べた浩司の内心は
――いや、浩司だけではなく、ここにいる、この廃墟に初めて足を踏み入れた皆の内心は、やはり、隠しようのない不安に満ちているのだろうことを。

だからこそ、浩司は喋《しゃべ》り、太一は皮肉を言い、そして他の面々は一様に黙り込んでいるのだと――。

――円形の廊下を中心に向かって進むと、ほどなくして、T字路で行き止まる。

再び、円形の廊下があった。さっきよりも円の半径は小さくなっているように見える。

「二重丸になってるんやな」

「本当に、迷路みたいね……どうしてこんなに複雑な構造なんだろう?」

「……精神病院だから」

「あ、なるほど。患者が逃げられない工夫ってわけか」

「まだ奥に行く廊下があるみたいだけど……行く？」

「もちろん。ここまで来たら、中心に行ってみたいじゃん」

一同は、浩司にしたがい、さらに奥へと向かった。

狭い廊下。両側には相変わらず、鉄格子の嵌った窓を持つ部屋のドアが並んでいる。

かつて、それぞれの部屋の奥には、自分を見失った患者たちが閉じ込められていたのだろう。今にも、彼らの呻《うめ》き声が漏れ出してきそうな雰囲気に、一同は半ば小走りに、廊下を先に進むと——。

不意に、視界が開けた。

七人は、廃墟の中心へと出たのだ。

そこで、彼らは見た。それは——。

「……中庭か」

そう、そこにあったものは、円形の中庭だった。

半径は二十メートル程度の、広い中庭。空は吹き抜けていて、夜空が見える。中庭は、元は芝生《しばふ》であったのだろうが、今はただの黄土色の土が剝《む》き出した、殺風景な荒れ地だ。

そんな中庭を取り囲むように、中庭をガラス窓越しに見渡せる円形の廊下が巡っていた。

その、片隅で――。

「……でかい中庭だなあ」

誰かが、呟いた。

「でも、これでよくわかったぞ。この病院は円い中庭を囲むように三重の円形の廊下で囲まれてるんだな」

「それらを、放射状の廊下が繋げているっちゅうわけやな」

「ああ」

「なるほどね。でも、その放射状の廊下は、かなりランダムに作られていたような気がしたけど」

「確かに、妙に複雑やな」

「それにも、たぶん……意味があるんだろうね」

「意味？」

「そうだ。例えば、ここが精神病院だから……」

「もしかして、逃げられないように、わざとランダムにしてる?」

「うん」

「だとしたら、えげつないな。一旦収容されたら、もう死ぬまで出られへんやんけ」

「…………」

「それにしても……本当に、大きな病院ね」

「精神病院だとしても、山奥にこんなものを作ったってのは、すごいっちゃすごいことだよな」

「……ね、もしかして中庭を囲んでいる壁から屋根に上がれば、そのまま外に出られるんじゃない?」

「屋根に?　確かに、そうすれば外周まで行けそうだけど……」

「無理やな。残念やけど、壁が高すぎておれらにはよじ登れんわ」

「ああ、ぼくも止《や》めた方がいいと思う。屋根もこっち側に傾いているみたいだし、そもそも外周まで出られたところで、そこから降りる方法がない。入るときに見ただろ?　壁は相当高かったぜ」

「なによ、じゃあ結局、ここにいるしかないっていうの?」

「そうだね……」

「………」

七人は、しばし中庭を眺めつつ、思い思いの言葉を交わしていたが――。

「……ん？」

ふと浩司が、訝し気な顔つきで、中庭の一点を見つめる。

「なあ……『あれ』、何だ？」

「あれって何や」

「あそこだよ。見えるか？　あの、中庭の……真ん中あたりに」

指差す浩司の言葉につられて、一同は目を凝らす。

その人差し指の延長、中庭のちょうど中央あたりに、確かに、何かがあった。

それは、土の盛り上がりのような。

そして、何かがその土に突き立てられているような――。

「……何か、嫌な感じがする」

誰かが呟く。

だが、その呟きにはお構いなしに、太一が言った。

「気になるな。確かめてみいひん？」

「確かめるって……あそこまで行くのか?」

「ああ。たぶんどこかに中庭に入るドアが……ああ、あったあった」

すぐ傍に、中庭に出入りするためのドアがあった。

廃墟の入口にあったものと同じ、厳重な鉄扉。だが太一がノブに手を掛けると、
それは何の抵抗もなく回った。

「開いてる。……行ってみようや」

「あ、ちょ!」

さく、と乾いた土を踏みしめる音とともに、太一が中庭に入っていく。

そんな太一の後を、残る六人は慌てたように追い掛けた。

そして――。

七人は、そこに立った。

目の前にする、こんもりと盛り上がった土に突き立てられたものに、一同は思わ
ず――絶句した。

なぜならば、それは――。

「マジかよ。あれ……卒塔婆《そとば》じゃんか」

＊

卒塔婆――それは、故人を供養するために立てられる木製の板だ。呼び名は、仏様の遺骨である仏舎利を収めるストゥーパに由来している。形は細長く、表面には経文、戒名などが墨で書かれている。

ただ、多くの人々には、その由来、役割よりも、それそのものが示す意味に、恐れを抱くに違いないのだ。すなわち――。

卒塔婆は、墓場の象徴である。

「なんだよ、これ。薄気味悪いな……」

浩司が、呟いた。

あえて空元気を出そうとしているのか、声色は高い。だが、隠しきれない恐怖心は、震える語尾に表れている。

「なんで、こんなところにこんなものがあるんだろうね」

「知らないよ。立てた奴《やつ》に聞いてくれ」

凜の呟きに、浩司は投げやりな言葉を返す。

確かに、何で、こんな場所に、卒塔婆が立っているのだろうか。

彼らが抱いているだろう疑問に、正人は、ふと——。

「……卒塔婆って、普通、墓場にあるものだよね」

誰にともなく、疑問を口にする。

「せやな。家の中にはないいな」

「だよね。だとすると、ここに盛り上がってる土って、もしかして……」

「…………」

一同が、思わず口を噤む。

卒塔婆の下にある、土の盛り上がり。

墓の下に通常安置されているであろう、あるものを想像する一同に、ややあってから、誰かが呟くように言った
「土饅頭《どまんじゅう》……」

——そう。それは、まさしく土饅頭だった。

饅頭と言っても、もちろん食べ物ではない。

人が亡くなったとき、現代の日本では、基本的に遺体を荼毘《だび》に付し——つまり火葬し、残った骨を骨壺《こつつぼ》などに入れて、墓に入れる。地下水への影響や、永代管理で

きるか否か、また感染症リスクや住民感情なども踏まえて、そうすることになっている。
　だが、それはあくまでも「今の」話だ。ほんの少し前まで、具体的には昭和初期
まで、火葬場が整備されていなかったこともあり、日本では土葬が主流であったし、
むしろ火葬を禁じていた時期さえあった。
　土葬するとき、遺体はおおむね、桶《おけ》に入れられる。文字どおり「棺桶《かんおけ》」だ。遺体
を、桶の中に膝を抱えるような格好で押し込め──入らない場合には骨を折ること
もあった──蓋をして、そのまま墓場に掘った穴に埋めるのだ。
　このとき、多くは地面の下まで穴を掘り、完全に桶を埋め、地面を平らにするの
だが、地域によっては、土盛り墓──つまり、こんもりと桶を埋めた上に土を盛り
上げることもあった。
　この盛り上がった土を、その形に由来し、「土饅頭」と呼んでいたのだ。
　だとすると、土饅頭の下に、何があるのか。言うまでもない。それは──。
　死体だ。
「ちょ……何の悪戯？　これ！」
　悲鳴にも似た金切り声を、亜以子が上げた。

「いい加減に止めてよ！　これ、ドッキリなんでしょ？　脅かさないでよ、もう」

「………………」

「ねえ、なんで皆、黙ってるのよ。誰か、何か言ってよ！」

しかし――。

亜以子を除く全員は、緘黙を貫いている。

きっと、何かを口にしようものなら、抗いがたい力に支配される。それを認めたくないから、口を開かない――いかにもそう言いたげな表情で、口を真一文字に結んでいるのだ。

そんな様子に、亜以子もまた、雰囲気に飲まれたように口を閉ざした。

そして、正人たち一同は、再び――それらを、まじまじと見た。

不気味に、こんもりと盛り上がる土――土饅頭とは、まさしく故人を収めた桶が土葬されている証《あかし》だ。もちろん遺体はすぐに桶の中で腐敗し虫を湧かす。鼻がひん曲がるほどの異臭を放ち、どろどろに溶けた液体が桶から土へと沁《し》み出していく。けれど、やがてそれは自然へと返る。そうして、長い時間を掛けて、最後には骨となるのだ――そんな想像をしながら、彼らは思うだろう。だとすれば今、この下には一体、何が隠されているのだろうか？

そして、卒塔婆だ——茶色く汚れ、朽ちた木片。

だが、よく見れば、そこには何かが、黒墨で書かれていた。

それは——行書体で書かれた、漢字の羅列。

目を細め、それを読んだ凜は——。

「……う、嘘でしょ」

声を震わせつつ、一歩たじろいだ。

同時に、そこに書かれていた文章を理解した一同も、一様に無言のまま、おそらくは——戦慄した。なぜなら——。

そこに、こう書かれていたからだ。

——『生瀬詩織《いくせしおり》、ここに眠る』と。

*

生瀬詩織。彼女の名を、七人が忘れるはずもない。

それは、八人目の探検部員として、去年までともにサークル活動を楽しんだメンバーであり、そして、今は亡き同級生の名前。

そう――。

正人は今も、目を閉じれば、一年前の、あの無残な光景を瞼《まぶた》の裏に想起するのだ。

騒ぎに、外に出てみると、倒れた詩織が、青い顔で、ベンチに横たわっている。

浩司たちが、彼女のことを必死で介抱しているが、詩織に意識はない。

「……ねえ！　誰か何か拭くものない？　そこのボストンバッグの中は？」

「誰か、枕の代わりになるものないか？」

皆が、首に掛けていたタオルを詩織の身体の下に敷く。

ボストンバッグの中からみつけた、小さなぬいぐるみを枕代わりにして、詩織の頭を支える。

そんな詩織は、時折、身体を痙攣《けいれん》させると、げっ、げっと吐いた。吐瀉物《としゃぶつ》まみれの詩織の顔の周りを、誰かがハンドタオルや、ぬいぐるみの綿で拭く。冷たい水を手足に掛ける。皆が詩織の名前を呼ぶ――正人も、心の中で彼女の名前を呼んだ――けれど詩織は、意識を失ったまま、誰の呼びかけにも返事をしなかった。

文字どおり、思い出すたび胸が締め付けられる光景――。

そして詩織は、この後、遅れてやってきた救急車によって、病院に運ばれた。

確か、浩司と亜以子が詩織に付き添っていたと思う。

残された正人たちは、散乱したタオルや、撒《ま》き散らされた吐物、すなわち詩織が苦しんだ跡を泣きながら片づけた。誰かが、土塗れになったぬいぐるみの残骸を拾い上げる。まさしく、ずたぼろになった彼女の無残な痕跡が、そこにはあった。誰かが、それを悔し紛れに引きちぎり、誰かが、それをそっと土に埋めた。

その夜、詩織が亡くなったという連絡があった。

死因は、心不全だった。

詩織は元々、心臓が弱かった。本来は大学に進学するのも医師に止められていたくらいだったらしいが、詩織自身のたっての希望で、進学をしたのだという。

むしろ、皆さんに迷惑を掛けて、ごめんなさい――葬儀のとき、詩織の両親はそう言うと、揃《そろ》って正人たちに頭を下げた。

警察からの事情聴取は、割と執拗《しつよう》に行われた。だが、元より事件性があるわけではなかったし、被害者遺族である詩織の両親も、むしろもう終わりにしてほしいというふうに要望したからか、最終的には、書類送検されることもなく、口頭で「これからは気を付けなさい」とお咎《とが》めを受けた程度で、終結したのだった。

かくして、一同に悲しみと、各々の後ろめたさと、苦い思い、何より正人自身にも強いトラウマを残しつつ、この一件は終わった話となったはずだったのだ――しかし。

彼女の名は、再び、蘇《よみがえ》ったのだ。

まさに今、目の前にある、土饅頭に立てられた卒塔婆の上に。

しかも、蘇っただけではない。

ここに眠っているのだ。

そのことの意味は——あえて考えるまでもない。つまり——。

詩織は、ここにいるのだ。

過去にではなく。記憶の中に、でもなく——、
今まさに、この場所に。

「やめてよう……もう……やだよう……」

すん、すんと、鼻を啜りながら、亜以子がその場にへたり込んだ。

そう——太一も、悠也も、凜も、無言のままの彼らは皆、間違いなく、恐怖や不可解に苛《さいな》まれていたに違いない。

うしろめたさの中に包み隠し続けた、彼女。もう忘れよう、忘れたい、忘れた——そう確信していたはずの、彼女。その彼女が再び、最悪の形で現れたのだから。

だが、こんな恐怖や不可解は、まだまだ、序の口だった。

「ねえ……見て、これ」

いつの間にか、土饅頭と、卒塔婆の横に回り込んでいた麻耶が、眉間に皺を寄せた険しい表情のまま、呟くように言う。

麻耶が剣呑《けんのん》な視線を送るのは、詩織の名前が書かれた卒塔婆。

彼女の名前が書かれた、今にも朽ち果てそうな木片の裏を、麻耶は懐中電灯で照らす。

まるでそれが誘蛾灯《ゆうがとう》でもあるかのように、一様に青い顔で覗き込んだ彼らは——。

「……うぅっ」

一様に、震え声で呻いた。

今にも泣きそうな表情の彼らが、そこに見たもの。

それは——一首の句だった。

だが、どう考えても尋常ではない句、すなわち、誰かからのメッセージだった。

そう——そこには、こう書かれていたのだ。

——「メヲツブシ　ワタエグリダシ　クビヲキレ」と。

3

――メヲツブシ　ワタエグリダシ　クビヲキレ

すなわち――『目を潰し、腸抉り出し、首を切れ』

その五七五が果たして具体的に何を意味するものか。それは彼らにはわからない。

恐怖の種を植え付けるための策略か。

その奥に何かを隠匿する迂遠《うえん》な暗号か。

それとも、極めてグロテスクな、何かの予告か。

もちろん、真実などわかりはしない。わかるために必要な手掛かりをあらかた欠いているから。しかし――それでもなお、本当のことを言えば、彼らにもわかっているはずだ。他でもない生瀬詩織の卒塔婆に裏書きされた、この不気味な言葉が、彼らに対していかなる抽象的なメッセージを送っているものなのかを。だから――。

「……なんだよ、これ」

浩司が、呟いた。

泣いているような、水っぽい声。普段の強引な浩司からは考えられないような声色だ。

「う……嘘やろ？　悪戯も大概にせいや？」

太一も、そうだった。

ハハッ、と、あえて笑い声を放ちつつも、きっと、喉の奥はからからに乾いているのだろう。その声は大声を出し続けた後のように、酷く掠《かす》れていた。

凜も、言った。

「これ、一体誰がやったのかな」

誰にともなく、独り言のように、けれど、そこに集う全員に対して、まるで恨みを込めるようにして、問い掛けた。

だがもちろん、その答えを口にする者は、誰もいない。

そもそも初めてここに来た彼らには、答えを出せるはずもないのだ。

かくして――。

彼らは各々、何ひとつ理解できないまま、ともかく何かに縋《すが》るように言葉を発した。

目の前で起こっていることに対して、すべての否定を込めて、各々の思いのたけを次々と喉から吐き出した。それは、呪詛《じゅそ》のようでもあり、あるいは死に瀕《ひん》した溺れる者が、最後の力を込めて叫ぶ断末魔の悲鳴にも似ていた。

けれど、その言葉はすべて、消えていった。

身体は沼の底に沈む。後にはあぶくだけが残る。その幾つかの泡がやがて表面張力によって滑らかな水面に消えてしまうように——言葉もまた、均質な夜の奥に溶けるか、土饅頭の湿った土の中に、吸い込まれていくのだ。

結局、発した言葉に対して返ってくるのは、ただひとつ。

——不気味なまでの静けさだけ。

そして、一同の心の中に出現するものも、ただひとつ。

——底知れぬ、恐怖だけ。

それを、ありありと思い知らされるから——。

「……嫌だ……」

ザッ、と不意に土を蹴る音がした——同時に。

「あたし、もうだめ！」

亜以子が、やにわに踵を返した。

恐ろしい存在から一刻も早く逃げ出したい、そんな願望がそのまま形に表れたような、無様にもつれた足取りで、亜以子は、全力で駆け出したのだ。

「あ、亜以子！　待てよ！」

すぐさま、彼氏である浩司が、彼女を追い掛けた。

あるいは、もしかしたら浩司もまた、そこから逃げようとしたのかもしれない。亜以子を追うという、格好の口実を手に入れて。

「待ってよ、二人とも！」

「落ち着いて！　……だめだ、はぐれる！」

凛に続いて、悠也と、そして正人も、叫びながら二人を追い掛けた。

それは——まさしく、パニックに陥った人間の行動だった。

突然走り出した亜以子。それを見て浩司が、連鎖的に恐怖を覚えて、同じように駆け出す。そうしてしまえば、凛も、悠也も、まるで操られたように彼らを追いかけるよりほかに、なす術《すべ》はないのだ。

そして、正人も——夢中で、彼らの後を追った。

亜以子は、全力疾走なのだろうか？

そんなに早く走ったら、マジで——。

「はぐれちまうよ！　落ち着け！」

正人は叫んだ。はぐれるわけにはいかないからだ。はぐれてしまえば、さらに予想外の出来事が正人たちを襲うだろう。今はそうなるわけにはいかないのだ。

だが、正人の絶叫のお陰か、先を行く亜以子たちのスピードは少し緩み、正人の照らす懐中電灯も、彼らの姿をなんとか捉え続けることができた。

そうして、迷路のような廃病院をどのくらい走っただろう。

闇雲に走り回っていたように見えた亜以子が、急に立ち止まった。

不意に、廊下が行き止まったのだ。

おそらく、円形の廃墟の外周に出たのだろう。懐中電灯の光に、錆び付いた鉄扉がぼうっと照らし出され、かつ、行く手を阻んでいた。

亜以子は、鉄扉のノブを摑むと、それを捻る。

だが――。

「なんで？　なんで開かないの！」

扉には、鍵が掛かっていた。

亜以子は両手でガチャガチャと、引き千切らんばかりに乱暴にノブを回すが、しかし、ノブが動く気配も、もちろん扉が開く気配も、微塵《みじん》もない。

「開けて！　いいから開けてってば！」

金切り声で叫ぶと、亜以子は、今度は両手で扉を叩《たた》き始める。

ガアン、ガアン、ガアン——力の限りに彼女が扉を叩く音は、廃墟の中を、不気味な長い反響音を伴いながら、無残に消えていった。

「落ち着け亜以子！」

暴れる亜以子の背後から、浩司が、彼女の羽交い絞めにした。

亜以子が編んだ真っ赤なマフラーが、狂乱の彼女の目の前で不穏に揺れる。

「大丈夫、大丈夫だから！　亜以子ちゃん！」

凜も、亜以子を落ち着かせようと、その傍に駆け寄る。

しかし、亜以子はパニックになったまま、二人の手を振り解《ほど》こうと暴れる。

そんな亜以子に、ふと——。

「…………」

無言のまま、悠也がそっと亜以子の目の前に立つ——そして。

パン！

不意に、大音声が轟《とどろ》いた。

その音に一瞬、正人は悠也が亜以子の頬を打ったのかと思う。

だが、それは違った。

亜以子の目の前にいたのは、手を合わせる悠也だった。

悠也は、両手を彼女の目の前で大きく打ったのだ。

張り倒されこそしなかったものの、しかし、大きな音に驚いたのか、亜以子は叫ぶのを止めると、あんぐりと口を開けたまま、目をぱちぱちと二度、驚いたように瞬《しばた》いた。

それから、ややあって、崩れるように、その場にぺたりと静かに腰を下ろした。

悠也は、キャップを被り直すと、朴訥《ぼくとつ》とした口調で言った。

「……落ちついた？」

「う……うん」

我に返ったように、亜以子がこくりと頷いた。

はぁ、と一同は、安堵《あんど》するような溜息を吐《つ》いた。

しかし――。

「それにしても、随分と走ったもんだね」

まだ息が上がったままの浩司が、疲れた声で言った。

「ここ、一体どこなんだ？」

「廃墟の外周かな」

「それは、まあ、言われないでもわかるな」

正人の言葉に、頭を抱えるように額を押さえながら、浩司は続けた。

「たぶん、俺らが入ってきた入口とも違う、別の場所だね。亜以子はまた、滅茶苦茶走ってくれたもんだよ……」

頭を掻きつつ、浩司は、まだ呆然としたままへたり込む亜以子を、やれやれとばかりに見下ろした。

もっとも、そんな前後不覚の亜以子がいるからこそ、却《かえ》って落ち着くことができたのだろう。浩司はひとつ、心を落ち着けるような大きな深呼吸を挟むと、いつもの声色に戻って言った。

「……皆、ちゃんとついてきたのか？」

そして、ひとりひとりの顔を、懐中電灯で照らす。だが――。

「あ、浩司、ちょっと待って」

正人はふと、扉の上部付近に目を凝らした。

「あれ……なんだ？　何か書いてないか？」

そう言うと、懐中電灯で、扉とコンクリートの境目辺りを照らし、指差す。

正人の言葉に、一同もつられたようにそこを見る。

目を細めた凛が、呟くように言った。

「なんか、数字みたいだね」

「ああ。二桁の数字……『28』って書いてある」

「確かに。手書きじゃあないみたいだな……」

顎に手を当てると、ふうむ、と浩司が考え込む。

しばしの、沈黙。やがて——。

「もしかして……だけど」

正人は、ごくりと唾を飲み込みながら言った。

「あれ、扉の番号じゃないかな」

「扉の番号?」

不審げに目を細めた浩司に、正人は「ああ」と小さく頷いた。

「ほら、この円形の病院には、放射状に廊下が伸びていて、それぞれ外周と突き当たる場所に、鉄の扉がある構造になってるよね」

「確かに、そうだな」

「ということは、建物の外周にそって、幾つもの同じ鉄扉があることになる。でも、見てわかるとおり、それぞれの扉は似たような……というか、同じ形をしているから、全然区別ができない。つまり……」

「……なるほど、これは扉の番号なんだな」

納得したような表情で、浩司は、正人の言葉を継いだ。

「どれがどの扉かわからなくなるから、扉に固有の番号をふって、区別しているんだ」

「そういうこと。そして、だとすると……」

「……入ってきた扉の番号がわかれば、外に出られる！」

嬉しそうな顔を見せる、浩司。

だが、やり取りを聞いていた亜以子が――。

「入ってきた扉の番号なんて、誰も見てないじゃない……」

小声で、不貞腐れたように言った。

「誰か、番号見てたっていうの？　それなら希望にもなるけど、あたしは見てないし。それに、どの番号の扉がどこにあるかだってわからないんでしょ？　番号順に並んでるとも限らないし」

「それは、そうだけど」

「結局……あたしたちが迷ってることに、何も変わりはないじゃん」

「………」

「ねえ、そうでしょう？」

「まあ、確かに……」

確かに――そのとおりだ。

まるで思考を遮るかのように捲し立てる亜以子に、一同は思わず頷いてしまう。亜以子が言うように、扉の番号がわかったところで、そもそも、その事実がもたらすメリットは何もないのだ。なぜなら、どの番号の扉が、どこにあるのか、案内板すら見当たらないのだから――。

「つまり、番号を見ても、あまり意味はないってことか……」

誰かの呟きに、その場に重苦しい落胆の空気が流れた。だが――。

「……そうでもないよ」

悠也が、青いキャップの鍔越しに、ぼそぼそと呟くように言った。

「番号を覚えておけば、少なくとも、迷ったときの指針にもなる」

「前に来たところだから、他を当たろうって？」

はっ、と馬鹿にしたように、浩司が息を吐く。

だが悠也の言葉に、凛が続ける。

「……でも、地図を描くとすれば、番号があれば間違いなく役立つよね」

「地図？　そりゃあ、確かに作れれば便利だろうけど……誰か、紙とエンピツでも持ってるっていうのか？」

「…………」

誰も、答えない。

「ってことはだ、記憶するしかないぞ。覚えきれるのか？　どこに何番の扉があったかなんて……」

「確かに、ぼくらにはそんな記憶力はないよね。でも……記憶力以外に、紙とエンピツの代わりになるものは、あると思う」

「そりゃ、何だよ？」

「……土だよ」

凛が、神妙な顔で言った。

「ほら、あの土饅頭と卒塔婆があった中庭……あそこ、地面が土だったでしょ？　庭だからスペースもあるし、木の枝か何かで色々と書いておくことはできるんじゃない？」

「いちいち、あの場所に戻って、地面に書き留めておくのか？」

「うん」

「………」

面倒だな、と言いたげに、浩司が顔を歪めた。

「それ……いい、案かもしれない」

だが亜以子は、その言葉に顔を上げると、少し元気を取り戻したように言った。

「凜のアイデア、いいかもしれない。何もしないよりマシじゃない？」

「……そうね」

正人の背後で、暗闇から静かに現れるように、麻耶が言った。

「わたしは亜以子ちゃんの意見に賛成」

麻耶が、細く華奢《きゃしゃ》な腕を小さく上げる。

その、赤いブラウスの長袖の、袖口を手首で止める銀色のボタンに誘われるようにして、僕も、あたしも、ぼくも、と手を上げた。それを見て――。

「ああもう、それならそれでいいよ」

いかにも渋々だと言いたげに苦笑しながら、浩司も手を上げようとした。

だが――。

「……おい、ちょっと待て」

浩司の表情が、にわかに険しいものになった。

その陰のある顔つきに、亜以子が、不安げに問い掛ける。

「どうしたの？　浩司」

「なあ……太一は、どこ行った」

「えっ、太一くん？」

浩司の言葉に、一同は、きょろきょろと自分たちを見た。

正人の目の前にいるのは、浩司、そして亜以子。右隣に凜、左隣に悠也。そして正人の背後に、麻耶。それ以外には――。

――誰も、いない。

正人の目前で、誰かが慌てて懐中電灯の光を周囲に投げた。だが、行き止まりの廊下から、その暗闇の奥をいくら照らそうとも、そこに、太一の姿はない。

「太一！　どこにいるんだ太一！　返事しろ！」

「ねえ、太一くーん？　どこにいるのー？」

浩司と凜が、大声で呼び掛ける。

しかしその声色は、どちらも不気味なほどに長い反響の末に、蒸し暑い空気の中へと拡散し、消えていった。

後に残るのは――闇ばかり。

「どこかではぐれたのか？」

「わ、わからないよ」

「わたしは見なかった、てっきり後ろにいるのだとばっかり……」

「……僕も、見なかった」

「どこかで倒れたってことは？」

「かもしれない。でも、転んだくらいならすぐについてくると思う」

「だよね。だとすると……」

「……何かあったのかな」

「………」

一瞬の、沈黙。

だがすぐ、取り繕うように、凜が言った。

「ほ、ほら、太一くん、いつも少し遅れてくる癖があるでしょ？　待ち合わせでも時間を守らないっていうか。だから……もしかして、今回も」

「遅れてきた。つまり、そのまま置いてきた」

「……うん」

「チッ……マジか」

浩司が、大きく舌を打った。

こんなシチュエーションだ。いくら太一でも遅刻癖を出すはずもない。それでも一同は、まるでその解釈に縋るように、凛の言葉に首を縦に振った。

浩司は、肩を怒らせて言った。

「あいつ、何やってんだよ！　こんなところではぐれたら、合流するのは至難の業だぜ」

「でもさ、太一くんがこの建物の中のどこかにいるのは、間違いないんだよね」

「おそらく、そうね。ひとりっきりで脱出できたなんてことも、まずないでしょうし」

亜以子の言葉に、麻耶が答えた。

――こうして、太一が忽然《こつぜん》といなくなったことに対する混乱を、しばしそれぞれの言葉に置き換えながら、会話にならない会話をしていた一同だったが――。

ふと、誰かが呟いた。

「……ひとりになったとき、太一はどうするだろう？」

呟いたのは、悠也だった。

いつもは寡黙だが、要所要所では冴《さ》えたことを言う悠也。今もまた一同は、彼の言葉に、はっと我に返ったように目を瞬いた。

「そうだよ。あいつだったら、こんなときどうする？」

「ひとりきりになったら、きっと心細いよね」

「そうだね。普段は威勢がいいけど、太一くんって小心だし」

「慌てるだろうね」

「じっとしてられる性格でもないし、だとすると……」

だとすると——。

ほんの一瞬生まれた、沈黙。あえてそれを破るように、正人は言った。

「……中庭に行くと思う」

「中庭に？　なぜだ？」

「そこしか目印になる場所がないからだよ」

間を置かずに問い返した浩司に、正人もまた即答した。

「迷ったら、人間は目印になる場所に戻るものだと思うんだ。それに、太一だったらこう考えているんじゃないかな……『おれがこんなに心細いんやったら、皆も心細いやろ。せやったらきっと、中庭に戻って来るんちゃうかな』」

正人の口真似《くちまね》に、麻耶が「ふふっ」と小さな笑いを漏らした。

凛が、感心したように言った。

「正人くん、物真似が上手《うま》いね」

「そうかな」

「うん。凄《すご》い似てる。そんな特技があったなんて、知らなかったな」

「マジで俺も知らなかったよ。……なんだよ正人、結構芸達者なんだな」

心なしか、場の雰囲気が明るくなった。

そんな気分に乗じてか、ややあってから、浩司が「よし」と意を決したように言った。

「太一のことはよくわからないけれど、どっちにしろ俺らも迷っているんだし……一回仕切り直そう！」

「……そうだね」

静かに、麻耶が頷きを返した。

＊

ざ、ざ、と湿った足音を鳴らしながら、一同は廊下を進んでいく。行く手を六つの懐中電灯で照らしながら、中庭と思われる方向に、一歩一歩足を進めていった。

やがて、五分ほどして、一同は再び、中庭へと戻ってきた。

「ああ、よかった」

無意識に、誰かがほっとしたような声を漏らした。中庭に行くには、単に廊下を「中心に向かって」進めばいいだけだから、いずれ着くのは明らかなのだが、それでも迷路のような廃墟に「本当に中庭に戻ることができるのだろうか」という不安があったのだろう。

ともあれ閉塞的な廊下から、真っ暗で、例の不気味な卒塔婆があるとは言えど――皆は、できるだけ見ないようにしているようだった――一応星空が見上げられる開放的な場所に戻ってきたことで、一同は肩の力を抜いたのだった。

「今何時だろ？」

「待って、えーと……ちょうど真夜中の十二時ごろだね」

「そっかー……」

「おーい、太一ー、いるかー？」

抑揚のない会話の後、唐突に、浩司がどこにともなく大声で呼び掛けた。

「……いないみたいだね」

「迷ってるのかな？」

「かもね。もしかしたら、ひとりでびくびくしながら、ここに向かってるのかも」

「合流したら、からかってやらないとな」

軽口が、口を衝いて出ていた。

それこそが、安堵していた証拠だったのだろう。

だが——。

一同は、すぐに気づいた。その安堵が、一瞬の幻だったことを。

「……な、なあ……」

誰かが、震えた声で呟く。その声の主は——。

「ん？　どうしたんだ、悠也」

悠也だった。

悠也は、土饅頭の方を見ながら、わなわなと口を震わせていたのだ。

只《ただ》ならぬ気配だ。一体、何を見ているのか？　訝しむ一同に、悠也は——。

「……あ、あれ……」

静かに、土饅頭を指差した。

その、痙攣する指先に操られるようにして視線を送った一同は——。

実に不可解なものを見た。

それは——。

「な……なあ、なんで、土饅頭が二つあるんだ？」

悠也が、掠れた声で言う。

その言葉どおり、一同の視線の先には、卒塔婆の立つ土饅頭と、その右にもうひとつ——。

やや小ぶりな土饅頭が、いつの間にか、盛られていたのだ。

「………………」

悠也が、無言で、そのもうひとつの土饅頭に向かって歩き出した。

「ど、どこ行くんだよ悠也」

「……何か、ある」

「何かあるって、何があるんだよ」

「載ってる。確かめないと」

「載ってる？　……ちょ、待ってくれよ！　悠也、止めろ、行くな！」

だが悠也は、険しい表情のまま、ざくざくと中庭を進んでいく。

そして――。

土饅頭を前に、悠也は――悠也を追い掛けた一同は――もちろん正人も――それを見た。

それ、すなわち、土饅頭の上にちょこんと載せられたものを。

一瞬――正人には、それが「薄桃色のサクランボ」が二つあるように見えた。

だがすぐ、サクランボにしてはやけに実が大きく、サクランボにしては色が白と赤の斑で、サクランボにしては二つの実を繋ぐ果柄《かへい》もなく、サクランボにはない虫食いのような大きな黒点を持っていることに気づく。

そして――気づく。

「……なんだよ、これ」

浩司が、泣きそうな声で言った。

そう、浩司は――一同は、気づいたのだ。

それは、サクランボなどではなかった。

それは――。

「……目玉、じゃんか」

そう。それは、刳《く》り抜かれた二つの眼球だった。

＊

「キャアアアアアアアー！」

誰かが、悲鳴を上げた。

だが、誰もがそこから動けなかった。

小ぶりな土饅頭の上にある、生々しい目玉。その瞳を閉じるための瞼はなく、その情報を送る先である脳もなく、ただ二つ、滴る血液に塗れたまま、あちらとこちらを向いたまま、決してその視線が合うことはない瞳孔で、虚《うつ》ろに周囲を見つめている。

「へへ、だ……誰の悪戯だよ」

なぜか薄ら笑いを浮かべながら――きっと、これは作り物だとでも思ったのだろう――浩司は、敢えて軽い足取りで土饅頭に向かうと、その眼球の片方を摘み上げようとした。

だが、その瞬間――。

浩司が、ゲェー、とその場で吐いた。

慌てた素振りで介抱に向かった正人は、その理由を即座に理解した。

二つの眼球の周囲には、濃厚な――あまりにも濃厚な、血の臭いが漂っていたからだ。

腐った卵に鉄錆を投入し、熟成させたような、胃腑《いふ》を掻きまわす悍《おぞ》ましい臭いが。

浩司を抱えると、這うようにしてその場を離れる正人。

だが、そんな二人と入れ替わるように、凜が、真剣な表情でつかつかと土饅頭に歩み寄ると、やにわに、土饅頭を素手で掘り始めた。

「な、何やってんのよ、凜！」

腰が抜けたのか、その場でへたり込む亜以子が叫ぶ。

だが、構わず土を掘り続けた凜は――。

「……やっぱり」

納得したように頷くと、一同に振り返った。

「皆……見て、これ」

そう言って、指し示す土の下には——顔があった。

見慣れた、顔だった。フレームのない眼鏡。いつもはその眼鏡でカムフラージュされた、意外と端正な顔——だが今は生気とともに、二つの眼球を失った、顔。

それは、紛れもない、太一の顔だった。

「……嘘でしょう?」

麻耶が、呆れたような声色で言う。

だが——明らかに、それは嘘ではなかった。そこにあるのは、無残な死体だった。命を奪われてから目を抉られたか、それとも、先に目を抉られてから命を奪われたかはわからないが、とにかく——土饅頭の下に埋められた眼球なき太一の、惨殺死体だったのだ。

そして——。

同時に、正人は見た。

太一が埋められたその場所には、彼が大事にしていたノートパソコンも、埋められていた。

——この薄い機械こそ、おれそのものなんやで。

いつか、太一が嘯《うそぶ》いた台詞を思い出した正人は——。

「……はっ」

いつしか無意識に、慄《おのの》きとも笑いともつかない奇妙な息を、小さく吐いていた。

＊

「嘘。こんなの……嘘でしょう？」

太一の眼球をじっと見つめたまま、しばし青い顔で呟いていた麻耶が、じりじりと後ずさる。

そんな麻耶の傍に、凜が駆け寄った。

「麻耶ちゃん、どうしたの？　大丈夫？」

「大丈夫……じゃない、ごめん」

顔を伏せると、口元を手で覆い、そして、くるりと踵を返す。

「どこに行くの？」

「……出口、探しに行かなきゃ」

「あ、待って！　麻耶ちゃん！」

よろよろと、憑《つ》かれたように麻耶が歩き出す。

だが、その眼差しは思いのほか、決意にも似てしっかりしたものだった。

ふと——そんな麻耶と、正人は目が合った。

まるで何かを伝えたげな、複雑な表情を浮かべる麻耶に、正人は——。

「麻耶ちゃんが行くなら、ぼくも一緒に行く」

正人は、麻耶を追い掛ける凜の声にはっと我に返った。

「ちょ、ちょっと待てよ！」

「そうよ、あたしも連れてってよ！」

中庭から一緒に出ようとする麻耶と凜の二人に、すぐさま浩司と亜以子が続いていく。

しばし、呆然としたような表情を浮かべたままで、その後姿を見送っていた正人は——。

ふと、横からの視線に気づく。

ちらりと見ると、そこには——。

「…………」

悠也がいた。

悠也は、キャップを——アイドルのサインが書かれた、青いキャップの鍔を、意味ありげに左右に動かすと、不意に――。

ニヤリ、と口角を曲げた。

＊

正人は、その場から逃げるようにして四人を追い掛けた。彼らの姿はとっくになかったが、しばらく走ると、四人が外側の円形の廊下を歩いているのがわかった。自分が迷ってしまったらどうしようかと思っていたが、とりあえず合流できた――と、ほっと胸を撫で下ろす。

四人は、麻耶を先頭に歩きつつ、何かを話し込んでいた。

正人が彼らの後ろにそっと着くと、不意に、予測していたように麻耶が振り返った。

「ねえ、正人くんは、どう思う？」

「どう思うって……」

「太一君は一体、誰にやられたんだと思う？」

そういう話だったのか、と内心で納得しつつ、正人は麻耶の問いに答える。

「正直、わからない。けれども……もしかして、この廃墟には僕たち以外にも誰かいるんじゃないかな」

「殺人鬼説。わたしと同じね」

麻耶が、真剣な表情でコクリと頷いた。

「あんなふうに殺すなんて、頭のおかしい人でなきゃできるはずがない。わたしたちの中にそんな人はいないし、第一、太一くんはわたしたちからはぐれたときに、殺されてる。誰か、別の人間がここにいるとしか考えられない」

「………」

饒舌《じょうぜつ》な麻耶に、正人は沈黙だけを返す。

その静けさを埋めるように、亜以子が言った。

「あたしは……違うと思う。さっきも言ったけど」

「『あたしたちの中に、あんなことをした人間がいる』って？」

「うん」

凜の問いに、亜以子は小さく頷く。

「なんでそう思うの？」

「………」

そして、数秒の意味ありげな沈黙を挟んでから、むしろ凜に問い返した。

「そう言う凜は、どう思うのよ？」

「……ぼく？」

「そうよ。凜だけ、さっきから何も言わない。なんか、ずるい。何考えてるの？」

「…………」

今度は凜が、困ったように沈黙を返した。

だがその沈黙は、躊躇《ためら》っているようなニュアンスが含まれていた。

亜以子は、その静けさに、今度は自分が怯えるような表情で一同の顔を確かめてから、震える声で言った。

「ねえ……まさか、本当に、誰かがやったんじゃ……ないよね？」

亜以子は、自分たちの中に、あんなことをした人間がいると言った。

だが今は、本当に、誰かがやったんじゃないよね——と問うている。

二律背反する言葉には、まさに「亜以子の狼狽《ろうばい》」が表れている。

そんな亜以子の手を——。

浩司が、何も言わずに握り続けている。

浩司は、右手で亜以子の手を、左手でマフラーを押さえながら、じっと黙っている。

緘黙を貫きながらも、彼は、亜以子の言葉を反芻《はんすう》するように、ごくりと唾を飲み込みつつ、恐ろしいほどの険しさを眉間に湛《たた》えながら、じっと、正人たち一同を見つめていた。

まるで、その場にいる一人ひとりを品定めするように。

亜以子の言葉を確かめるように。

蒸し暑く粘っこい暗闇の中、爛《らん》と輝く視線を投げて、浩司は——。

「……なあ」

やがて、貼り付いた口の中を無理やり剝がすように、顔を顰《しか》めながら、言った。

「悠也……どこ行ったんだ？」

＊

浩司の言葉に、五人ははっと慄いたような顔をする。

そして、すぐその事実を確かめるために、きょろきょろと不安そうに辺りを窺った。

この場にいるのは——。

正人、浩司と亜以子、そして凜と——麻耶、それだけだった。

確かに、悠也がいない。

「悠也、どこ行ったんだ？」

再び浩司が、さっきとまったく同じ台詞で、しかし、さっきよりも怒ったような声色で、それでいて、今にももう嫌だと叫び出さんばかりの焦燥も含ませながら、喉の奥から言葉を絞り出した。

「亜以子。悠也を見たか？」

「う、ううん知らない。あたし知らない」

「凜は？」

「ぼくもわかんない。てっきり一緒にいるものだと勘違いしてた」

「麻耶はどうだ？」

「わ、わたしも……」

「じゃあ……正人は？」

「……僕？」

いつもの浩司からは想像もつかないくらい、ギラリと攻撃的な視線で睨《にら》まれ、正人は身構えた。

「ごめん、わからないよ。悠也、ついてきてるとばかり思ってた」

後ろを振り返る。どこまでも続く暗闇に閉ざされた廊下ばかりが、そこにある。

つられるように、その暗闇を浩司が睨みつつ、チッと舌を打つ。

「なんだよ、誰も悠也のことを気にも留めなかったのかよ」

「ご、ごめん」

「謝ってももう遅《おせ》えよ。どうすんだよ、あいつとはぐれちまってさ……」

「それは仕方ないよ、浩司くん」

「そうだよ。だって、悠也くんってあまり喋らないでしょ。いつも気付けば傍にいる人だったし、今だって、ぼくたちが勝手に悠也くんはここにいるって思ってたんだよ」

「それは、そうだが……」

窘《たしな》めるような凜に、ぐっと継ぐべき言葉を詰まらせる浩司。

だが浩司はすぐ、凜から視線を逸《そ》らすと、忌々し気な表情で吐き捨てるように言った。

「……あいつ、寡黙すぎんだよ、いつもいつも」

「…………」

浩司の言いたいことも、わかる。

一同は、頷くような沈黙を返した。

悠也はいい奴だ。それは皆知っている。副部長を率先して引き受けてくれたし、皆がはしゃいでいるときにもひとりで準備や片づけをするような、まさしく縁の下の力持ちだった。けれど、少し不気味でもあった。ほとんど自分から喋ることはないし、アイドルオタクだし、その割には風貌も坊主頭で、いつもキャップを手放すことはないし、よく見ればやけに身体つきもガッチリしていて筋肉質で、どうにも内面も外面もちぐはぐな印象があったのだ。

もちろん、悠也は大事な友達だ。何より悠也に迷惑を掛けられたことなど、彼らにはない。だが――。

だからといって、気にならなかったわけでは、ない。

そして、だからこそ今、彼らの中には疑念が渦巻いているように見えた。つまり――。

なぜ、悠也はいないのか。

はぐれたのだろうか？

はぐれたとすれば、いつ？

はぐれてしまうほど、自分たちは慌てていたか？

確かに中庭から離れようとはしたが、そんなにも早足だっただろうか。いや——。

そうではなかった。普通に誰でもついてこられたのは間違いない。

だとすると——。

「……悠也が自分で、そうしたんだ」

誰かが、呟いた。

その言葉で彼らは即座に理解する。

むしろ、悠也のほうについてこない理由があったのではないかということを。

そして、同時に気付く。すなわち——彼を置いてきてしまったのではなく、彼の方から離れたのではないかということを。

自発的に。意図的に。

そして、だとすると——。

——あたしたちの中に、あんなことをした人間がいる。

凜の声で、亜以子の言葉が、沸々と蘇る。

蘇る言葉が、さらなる戦慄を呼び覚ます。

全身が総毛立つような感覚に、浩司が、亜以子が——皆が、かつて見たこともない鬼気迫る表情を見せる。

今ここで、誰かが悲鳴を上げれば、彼らは即座にパニックになっただろう。

だが——悲鳴は上がらなかった。

それが命取りになることを、彼らは本能的に理解していた。

理解していたからこそ、その悲鳴は喉奥に飲み込まれ、そして、固く閉ざされた心をそのまま表現するように、口を真一文字に結んでいたのだ。

だから——。

「……中庭に、戻ろう」

呟くような正人の提案にも、しばし、返ってくる声はなかった。

おそらく、かつてない緊張が、正人の言葉を咀嚼《そしゃく》するのにさえ、長い時間を必要としていたのだ。だから正人は、ややあってから——。

「……ここにいると、何かあったらはぐれてしまう。今はぐれてひとりになったら、きっと、大変なことになる」

——ひとりになったら、きっと、大変なことになる。

心臓をギュッと握りつぶす一言に、亜以子が目を閉じる。

正人は、わざと長い一拍を置いてから、もう一度言った。

「だから……一回、戻ろう?」

「……わかった」

浩司がやっと、錆び付いて動かないブリキのおもちゃのようなぎこちなさで、頷いた。

「戻ろう。中庭に」

*

五人は、これ以上ないほどお互いの身を寄せながら、ゆっくりと歩いて行った。

周囲、全方向の闇に、懐中電灯の光が投げられる。行く手の空間、背後の死角、そして左右の壁面と時折現れる鉄格子入りの扉まで、いつ、誰がそこから出てきてもすぐ察知できるように——けれど、五つの光点のそのあまりにも忙《せわ》しない動きは、却って、それそのものが襲撃者でもあるかのような錯覚を呼び覚まし、彼らにさらなる恐怖を駆り立ててもいた。

そう、彼らは取り憑かれたように、こう考えていたのだ。

――悠也はなぜ、太一を殺したんだ、と。

被害者である太一は眼球を刳り抜かれ、大事にしていたノートパソコンとともに土に埋められた。

そして、直後――悠也は、姿を消した。

その意味するところは、もちろん、悠也が太一殺害に関係していたのではないかということだ。

そう考えれば、辻褄《つじつま》は合う。姿を消したのは犯人だからなのだと。だが――。

「……わからないよ」

凜が、怯えたように背を丸めながらも、小さく呟いた。

「わからないって、何が？」

問い返す正人に、凜は、彼に振り向くことなく答えた。

「悠也くん、どうしていなくなったんだろうね」

「どうしてって……太一を殺した張本人だからじゃないのか？」

「うん。そうかもしれない。でも、そうじゃないかもしれない」

「……？」

どういうことだ――正人は無意識に顔を顰める。

まさか凛は、何かを摑んだのだろうか。

だが凛は、思いつめたような一拍を置いてから、小さな声で——正人にしか聞こえないくらいの囁《ささや》くような声で、言った。

「だって……もし悠也くんが犯人だったとしたら、はぐれる必要はないと思うから」

「はぐれる必要が、ない……？」

「だって、その方が都合はいいでしょ？」

「……ああ、そういうことか」

理解した正人は、小さく頷いた。

「殺した後すぐいなくなれば、悠也が犯人だって自分から言っているようなものだからか」

「うん。むしろ一緒にいたほうが、犯人だとは思われない」

「確かに……」

そうすれば、犯人は探検部ではない赤の他人——例えば、『13日の金曜日』で言えばジェイソンのような——だと皆は考える。犯人だと疑われないためには、明らかにその方が賢いやり方だ。

だが――現実は、そうではない。

だからこそ、凜たちは酷く混乱しているのだ。なぜ、悠也はいなくなったのかがわからないから――。

「……ねえ、正人くん」

「……なんだい」

「ぼく、思うんだけど……たぶん、どちらかだよ」

「どちらか、と、いうと？」

訝しげに眉根を寄せた正人に、凜はようやく、正人をちらりと見る。

綺麗に束ねたツインテールを揺らしながら、凜は、正人の目を真剣な眼差しで見据えながら、言った。

「悠也くんは、まだ続けようとしている。あるいは……」

「……あるいは？」

「誰かが、まだ続けようとしている」

「…………」

――凜は、鋭い子だ。

正人は探検部にいて、以前からよくそう思っていた。

凜は、周囲から不思議ちゃんだと見なされている。ロリータファッションに身を包んでいるし、「ぼく」という一人称も特徴的だ。だがその実、彼女は聡明で、いつも意外なほどに的を射たことを言うのだ。

だからこそ、凜はただの不思議ちゃんではなく、いつも周囲から一目置かれる存在であったのだ。

その凜が、こう言っている。

悠也はまだ続けようとしている。あるいは、誰かがまだ続けようとしている。

違いは、主語しかない。悠也か、誰かか。

一方、述語は同じだ――まだ続けようとしている。

一体、何を続けようとしているのか？

そして、なぜ続けようとしているのか？

それは――。

「……着いたぜ、中庭だ」

低い声色で、浩司が言った。

一同は――星明かりでぼうっと照らされた、中庭に戻ってきた。

心なしか、彼らは弛緩《しかん》したような溜息を吐いた。単に広い所に出てきたに過ぎず、卒塔婆や死体や、土饅頭さえ存在する中庭なのに、きっと、ただ広い場所だというだけで、不思議な安心感がもたらされているのだろう。

夏の夜の生暖かい空気が、沈鬱な湿気とともに降りてくる。

五人は、まるで瘴気《しょうき》を避けるように、とぼとぼと中庭の端に固まった。

中央には太一の死体がある。できるだけそこから遠い場所に、身を寄せる。

にもかかわらず、彼らは——。

「……う……嘘……だろ」

——気付いて、しまった。

『あれ』がもうひとつ、増えていたことに——。

＊

「な……まさか……『あれ』……」

——『あれ』

すなわち、モノクロームの闇夜に忽然と現れた、原色の世界。

まるでジャクソン・ポロックの前衛作品のように、さまざまな色彩が無秩序に迸《ほとばし》りつつ、それでいて乱雑さの中にも、制作者の「堅固な」意思を感じさせる、一面では「美しく」、しかし一面では「ただただおぞましい」もの。

それは、手であり、足であり、身体であり、そして頭。つまり——。

仰《あお》向《む》けに、大の字に横たわる、身体だった。

淀《よど》んだ夜空を微動だにせず見つめるその人体は、上半身に限っていえば、ぴくりとも動かず熟睡しているだけのようにも見えた。

だが、下半身はまるで尋常ではなかった。

なぜならば、その腹部が、あるべき状態にはなく、十字に開け放たれていたからだ。

すなわち——無残に切り裂かれていた。

のみならず、その中身までが、撒き散らされていたのだ。

身体の周囲二メートルの範囲には、本来その腹部の中にあるべきものが散らばっていた。それら、腹の奥から引きずり出された、何かぐにゃぐにゃとした印象を持つものは、異臭を放つ内容物とともに、赤や、肉や、白や、臓器や、黄色や、骨片や、桃色や、皮膚や、茶色や、血管や、とにかくありとあらゆる色と臭いと悍ましい印象を露わにしたまま、放置されていた。

そして、その死体の顔には、誰もが見覚えがあった。

坊主刈り。ごつごつとした無骨な顔。いつもはあまり感情を露わにもしないその表情。

それは――。

「ゆ……悠也くん？」

麻耶が、掠れ声で言った。

そう、それは――悠也の惨殺死体だったのだ。

しかも、あまりにも、猟奇的な――。

「……ぐ、ぐっ」

浩司が、口元を押さえて、激しくえずいた。

だが、さっき太一の刳り抜かれた眼球を見て空になった胃からは、もう何も出てくるものはなく、ただ辛《つら》そうに背を丸めるしかない。

亜以子もまた、顔を背ける。その表情に、嫌悪感を露わにしながら。

正人もまた、そこから一歩も動かず、じっとその死体を見つめていた。

そんな四人の横から――。

ざ、ざ、ざ――と、凜がひとり、勇気ある歩を進めた。

悠也の臓物が山と撒き散らされた不浄の地に、静かに向かっていく。

「り……凜？　どこに行くの？」

亜以子が、不安そうに言う。

凜はしかし、死体に向かって進んだまま、振り向きもせずに答える。

「確かめる」

「え、何言ってんの？　そんなことしなくたっていいじゃん、あれ、もう死んでるよ……見てすぐわかるじゃん！」

「違うの。悠也くんじゃないの」

「……えっ？」

訝る亜以子に、凜は驚くほど冷静な声色で言った。

「亜以子ちゃん。あれ、見える？」

「……あれって何？」

「ほら、あそこ」

凜が、死体の横を指差す。

そこには——小さな土の盛り上がりがあった。

まるで、何かを埋めて、そこに土を掛けたような——。

「あ、あれって……」

「うん。土饅頭だと思う。さっきは死体もなかったけど、あの新しい土饅頭もなかった。だから……」

「確かめるの？」

「うん」

「…………」

「ぼ、僕も行くよ」

呆然とした亜以子の代わりに、正人が凜の後を追い掛ける。

すでに悠也の死体のすぐ傍にいた凜。その横に駆け寄ると、正人は思わず、ごくり、と無意識に唾を飲み込む。

見下ろす悠也の死体は、血の海の中にあって、鼻が曲がりそうなほどの悪臭を放っていた。そして、その奥から、まるで正人に何かを訴えようとしているかのように、ただ焦点の合わない灰色の虚ろな瞳で、正人を見ていて――。

「正人くん。これだよ」

凜が、正人を呼んだ。

はっと我に返った正人は、死体から顔を背けると、いつの間にかしゃがみ込んでいた凜の前にある小さな土の盛り上がりの横に、凜と同じように腰を下ろした。

「見て。ほら、やっぱり土饅頭だよ」

「確かに。……誰かが作ったものかな」

「だろうね。よく見ると、指の跡がある」

凜が言うように、土饅頭には縦筋が幾つもついていた。

「でも、さっきはなかったよね」

「うん。ぼくたちがいない間に、誰かが作ったんだ」

「それ……誰だろうね」

「………」

凜が、険しい表情で口を噤む。

自分たち五人ではない。太一はすでに死んでいる。かといって悠也が自殺などするわけがない。そもそもこんなやり方の自殺なんてあり得ない。

けれど——ならば誰が？

答えが出ない、沈黙。

そんな戸惑いを打ち破るように、正人は、あえてはっきりと言葉を発した。

「土饅頭、掘り返してみようか」

「……うん」

小さく頷くと、凜は小さな手で、土饅頭を崩し始めた。

盛り上がった土は、簡単にぽろぽろと崩れていった。

「僕も手伝う」

「ありがとう。でも大丈夫。どうやら、軽く土を載せただけみたいだから」

凜の言葉どおり、土は簡単に掘り返せるようだった。

そして、ややあってから、正人と凜は、土饅頭に埋められていたものを掘り出した。

それは——。

「……これって」

「ああ。これ……悠也のキャップだ」

そう——土と泥に塗れた、青いキャップだった。

鍔にはアイドルのサインが書かれた、そして悠也がいつも大事に被っていたそれに、間違いなかった。

「…………」

五人は、沈黙したまま、しばらくの間、ただ深刻な顔を突き合わせていた。

依然として彼らは、中庭にいた。土饅頭が三つに、卒塔婆、そして二つの死体——眼球を刳り抜かれた太一のそれと、腹を裂かれて臓物を撒き散らされた悠也のそれ——からはできるだけ離れ、しかしそれらをすぐ傍に感じながら、夜の蒸し暑い廃墟で、お互い身を寄せ合うようにして、怯えながら固まっていた。

時刻は——。

もう、午前一時を回っていた。

早く夜が明けてほしい。そんなふうに、彼らは痛感していたに違いない。けれど、それまでにはまだたっぷりと時間があった。それでも彼らは、祈るようにして顔を下に下げていた。光があれば、すべては解決する。少なくとも、すぐ数メートル先に誰かが忍んでいてもわからないような状況でさえなくなれば、自分たちはこの恐怖から逃れることができる——と。もっとも、明るくなったところですぐにこの恐

＊

ろしい廃病院から出られる保証など何もないことも、同時に彼らは理解していたはずなのだが――。

――とはいえ。

沈黙の数分間は、彼らに、悠也の臓物が放つ悪臭への慣れとともに、それなりの落ち着きを取り戻させる。

「……なあ、皆。ちょっといいか」

憔悴《しょうすい》しながらも、努めて冷静な声色で、浩司が言った。

「今、一体俺たちの周りで何が起こってるのか、俺にはまるでわからない。どうしてこんな場所にいるのか、どうしてこんな目に遭っているのか、そして……」

ちらりと、卒塔婆のある方向を見た。

「どうして、あんなことが起こってるのか」

「…………」

答える者は、いない。浩司の問いに答えがないからか、そもそも、答える元気すらないからか、あるいは――それ以外の、何かの理由からか。

「何がなんだかわからない。率直に言って……発狂しそうだ。今、こうしている間にもね」

「……そうね。これが夢だったらいいのに」

吐き捨てるように、亜以子が言う。

これが夢だったらいい。彼らは一様にそう思っていただろう。もちろん、そんな望みさえ儚《はかな》い夢だということも同時にわかりつつ、だからこそ――。

一同は、黙り込んでしまう。

だが浩司は、そんな沈鬱をあえて吹き払うように、言葉を続ける。

「俺さ、実は気付いたことがあるんだけど……ちょっと、聞いてくれるか？」

「…………」

「答えがない、ってのは続けていいってことでいいんだよな。……あのさ、あの土饅頭のことなんだけど、気付いたか？　埋められていたものは、どっちも、あいつらが大切にしていたものだったたってことに」

「……どういうこと？」

凜が、重い口を開いて問い返す。

その返答に、ここぞとばかりに、浩司は言った。

「ほら、太一の横にはノートパソコンが埋められてただろ。悠也の傍に埋められていたのも、あいつのキャップだ。どっちも、あいつらが宝物のように大事にしていたものだったじゃん」

「確かに、太一くんも悠也くんも、二人とも、いつも大事に持ち運んだり、被ったりしていたけど……それが、どうかしたの？」

「どうかしたのって、そりゃあ……何かの手掛かりにならないかな、って」

「手掛かりって何？　犯人探しでもするつもり？」

「そうじゃ、ないけど……」

もごもごと、歯切れ悪く語尾を濁した。

そんな困ったような浩司に、正人は助け舟を出す。

「浩司の言いたいこと、なんとなくわかるよ。つまり……二人は単に殺されたっていうより、何かの理由なり目的があって、あんなことになったって言いたいんだろ？　そういう出発点がなければ、わざわざ土饅頭に大事なものを埋めるっていう行動を起こす必要だってないわけだし」

「そ……そうそう！　さすがは正人、まさにそういうことだよ！　この一件には何か明確な動機がある。少なくとも、よくわからない闖入者《ちんにゅうしゃ》の仕業ではない」

俺はそう思う——と浩司は大きく頷いた。少しだけいつもの調子のよさが戻ってきたのだろうか、言葉には淀みがない。

だが、よく考えれば、浩司の言っていることは、実はかなり不穏当だ。なぜならば、明確な動機があって、よくわからない闖入者ではない者とは、すなわち自分たちの内にあるということに他ならないのだから。

だが——妙に明るい口調の浩司は、一同の心を少しは軽くしたのだろう。青い顔で膝を抱えたままの凜もまた、ぼそぼそと呟くように、会話に加わった。

「……ぼくも、いいかな」

「いいよ。何でも発言してくれ」

「ありがと。実はね、ぼく、気付いたことがあるんだけど……っていうか、もう皆気付いているのかもしれないけれど……これってさ、あの句のとおりじゃないかな？」

「句……？」

「凜ちゃん、もしかして、それって……」

麻耶が、震える指で、遠くにある土饅頭の上に立つ、禍々《まがまが》しい木片を指差す。

その指先に向けて、凜は、神妙な顔つきで「うん」と同意の頷きを返した。

「卒塔婆の裏に、書いてあったよね。『メヲツブシ　ワタエグリダシ　クビヲキレ』って。今のところ、そのとおりになってない？」

「…………」

——「メヲツブシ　ワタエグリダシ　クビヲキレ」

すなわち「目を潰し、腸抉り出し、首を斬れ」

太一は、両目を抉り出され、その目は土饅頭の上に載せられた。これはまさに、目を潰したのと同じことだ。悠也もまた、腹を切り裂かれ、そこから臓物を引きずり出されていた。まさしく、腸を抉り出されたのだ。

五七五のうち、最初の二つはすでに現実のものとなった。

これは偶然だろうか？　いや、もちろんそうではないだろう。句と現実がたまたま一致したのではなく、句に書かれているとおりに、現実が追いかけている——そのとおりに実現するのだという確固たる意思とともに——と見るべきなのだ。

だと、すると——。

「次は……『首を斬れ』」

「……ひっ」

呟くような、麻耶の言葉に、亜以子が息を飲んだ。

「止めてよ、『次は』なんて、こんなことがまだ続くとでも言いたいの？」

「亜以子ちゃん。わたし、そうは言ってないよ」

「いや、言ってる！　怖がらせようとしてる！　なんで？　なんであたしのことを脅かそうとしてるの？」

「亜以子ちゃん。それは違うわ。落ち着いてわたしの話を聞いて？」

「違わない！　次にあたしが首を斬られるんだって言ってる！」

ヒステリックな金切り声を、亜以子が上げる。

凛が慌てて、「ストップ！」と二人の間に割って入った。

「待って待って亜以子ちゃん。麻耶ちゃんはそんなこと言ってないよ！」

「いいや、言ってる！　もう止めて！」

泣き出しそうな亜以子と、彼女を宥《なだ》める麻耶と凛。

そして、三人の諍《いさか》いに、おろおろとする浩司――。

しかし、そんな「言った言わない」の押し問答がしばし続いた後、不意に、亜以子がはっとしたような顔で言った。

「あっ……！」

「ど、どうしたの？」

「ねえ、まさか……まさか、なんだけど」

目を真ん丸に見開き、愕然《がくぜん》としたような表情で、亜以子は言った。

「これって、まさか……呪いなの？」

「呪いですって？　唐突に何を……」

しかし、亜以子が血走った目で見つめる方向に気づいた一同は、ふと、口を噤む。

そして、おそるおそる、その方向を——あらかじめ、その方向に何があるのかがわかっていながら、それでも、まるで何も知らなかったかのような振りをしながら——振り向いた。

その視線の先にあったのは、あの土饅頭と、そして——卒塔婆。

『生瀬詩織、ここに眠る』と墨で書かれた、不気味な卒塔婆だった。

つまり——。

「……待ってよ、亜以子ちゃん。まさか、詩織ちゃんの呪いだって言うの？」

凜が、信じられないと首を横に振る。

だが亜以子は、真剣な表情で「うん」と頷いた。

「そうよ。これ、絶対詩織の呪いだよ。そうに違いない」

「あるわけないよ、そんなこと」

「違うの！　あるの！」

凜に向かって、亜以子は必死の形相で続けた。

「だって、考えてもみてよ？　太一と悠也を殺したのって誰なの？　ここにいる誰かだとでも言うの？」

「それは……」

そうだ、とも違う、とも言いあぐねる凜に、亜以子は食い下がる。

「違うでしょ？　あたしたちの中にあんなことをした人間がいるわけがない。だとすると、ここにいない誰かが犯人だってことになるでしょ？」

「確かにそうなるけど……でも、それが詩織と、どう関係するの？」

「わかんないの？　こんな廃墟に誰もいるわけないじゃない！　いるとしたら、それはもう死んだ人じゃない！　だから！」

「詩織ちゃんの呪いだ。そう思うのね、亜以子ちゃんは」

「……うん」

優しく諭すような麻耶の言葉に、亜以子は涙目で首を縦に振った。

「うーん……亜以子さ、それはさすがに、思いつめすぎじゃないかな」

一瞬沈黙した亜以子を、浩司が窘める。

「確かに、こんなホラー映画じみた場所で最悪な目に遭ってれば、死んだ人間の仕業だって思いたくなるのもわかるよ。でも、だからって呪いだなんて……」

それは、ないよ、と浩司は小さく肩を竦めた。

確かに、怪異の類が信じられていた古代ならまだしも、現代の日本で呪いだなどとは、あまりにも前時代的だ。ましてや「困ったときの神頼み」という言葉にもあるように、人間は混乱に陥ったとき、合理的解釈を試みるよりも、むしろ超自然的なものに救いを求める性質を持つものだ。

それこそ、亜以子のパニックがもたらした妄言だと考えるのが適切なのだろう。

いや、きっとそうに違いない。だが――。

だからこそ、正人はあえて、問うた。

「じゃあ……なぜ、卒塔婆には生瀬さんの名前が書かれているんだろう」

「………」

一同は、答えなかった。

いや、答えられなかったと考える方が適切だっただろう。

呪いではない。それは正しいかもしれない。だが、呪いではないということが、卒塔婆に書かれた「生瀬詩織」の名前の理由を説明するわけではない。

詩織の名前は確かに、卒塔婆に書かれている。

それを書いた者がいる。それは呪いではない。

同様に、土饅頭もまた呪いではない。もちろん、二つの死体もまた、呪いであるとはならないのだ。

だとすれば——。

「……マジなの？」

不意に、亜以子が、怯えた顔で立ち上がった。

眼差しは警戒心に満ち、その背も今にも走り出しそうな体勢に丸められている。

少しずつ後ずさりながら、亜以子は、まるで正人たち四人と戦うように、両手を前に出しながら、言った。

「マジで……あんたたちの、誰かなの？」

「ちょ、亜以子。落ち着けよ、そんなはずは」

「来ないで！」

近寄ろうとした浩司を、亜以子が大声で制した。

ビクリ、と肩を震わせた浩司に、亜以子は続けた。

「あんたたちのこと、もう何も信じられない。それ以上あたしに近づかないで」

「どうしたんだよ、いきなり」

「だから近づかないでって言ってるでしょ！　もしかして浩司のせいかもしんない

じゃん。そんな人と一緒にいたくない」

「お、俺が？　馬鹿なこと言うなよ。それはない。絶対にない」

「絶対にない？　証拠は？」

「証拠？　証拠は……」

——ない。

浩司はそれ以上何も言えず、沈黙する。

いや、犯人だろうが、そうでなかろうが、何らかの証拠を示す方法など、そもそもないのだ。

そして、そのことはつまり、亜以子を説得する手段がないことをも意味する。

浩司は、悲しそうな表情を浮かべると、すでに汗と泥まみれになりつつあるマフラーを、その匂いを嗅ぐようにそっと口元に近づけた。

「……亜以子ちゃん、どうするつもり？」

麻耶の問い掛けに、また一歩、緊張感とともに後ろに下がりつつ、亜以子は答える。

「あたし？　あたしは……」

うっ、と小さく息を飲むと、亜以子は——。

くるりと俊敏に踵を返し、中庭から建物の中に向けて走り出した。

突然のことに、唖然《あぜん》としたように固まる一同。だが——。

「ま、待って！」

ややあってから凜が慌てて立ち上がり、追い掛けようとする。

しかし、そのときにはすでに、亜以子の姿はどこにも見当たらない。

「あ……亜以子……」

浩司が呆然としたまま、絶望したように呟く。

そんな浩司の背を、凜がバンと叩いた。

「ちょっと、しっかりしなよ、浩司くん！　きみ、彼氏でしょ？」

「あ、ああ……でも」

「でももだってもないよ！　亜以子ちゃんをひとりにしていい訳ないでしょ？

……ほら、追い掛けよう！　皆も！」

凜の言葉に、一同ははっと我に返り、立ち上がる。

そして、亜以子が逃げていった廃墟の奥へと、彼女の後を追った。

＊

だが、追跡はすぐに行き詰った。

亜以子が消えた廊下の先はT字路になっていたからだ。

亜以子は右へ進んだのか、それとも左へ進んだのか——。

「……二手に分かれよう」

正人は、即座に言った。

「四人ばらばらだとまずいけど、二人と二人なら、何かあっても対応できると思う」

「そ、そうだな」

追従するように大きく頷く浩司の横で、凜が問う。

「けれど、何かあったらどうすればいいの？　後でどうやって合流する？」

数秒、目を瞑《つぶ》ってから、正人は答えた。

「また、さっきの中庭に戻ろう。僕たちが迷わないでいるためには、あそこを起点にするのが一番いいと思う。だから……三十分だ。三十分経っても彼女が見つからなかったら、また中庭に集まろう」

「わかった。それでいいよ」

凜が、すぐに頷いた。

やはり、理解が早い――感心する正人の横で、麻耶が言った。

「じゃあ早速、二手に分かれましょう。わたしは、正人くんと右に行く。凜ちゃんは浩司くんと左に行ってみて」

「うん、了解。また後で！」

凜は、どことなく動きがぎこちない浩司の手を取ると、そのまま左手側の通路の奥へと、消えていった。

「……正人くん」

「うん」

二人の背中が廊下の向こうに消え、トントンという小気味いい足音も完全に暗闇に溶けてなくなると、正人は麻耶と顔を見合わせ、小さく頷いた。

＊

ややあってから――。

正人は、暗闇の中を探るように、麻耶と廊下を進んでいた。

懐中電灯の光点は、四つから二つになっただけで、途端に心許《こころもと》なくなったような気がする。それだけ光というのはありがたいものなのだということを、今さら痛感すると同時に、麻耶がしっかりと準備をしていてくれたことに感謝をした。

ふと――。

「……あっ、あれ！」

麻耶が、廊下の行く手を指差した。

彼女の視線の先にあったものは、真っ暗な空間――いや。

小さな、光点だった。

「誰かいる！」

麻耶の呟きに、正人は目を凝らす。その光点は、行く手の廊下のあちこちを照らしているようだった。だが――。

よく見ると、その光点は、二つあった。

そして、その光点が近づくにつれ、彼らのひそひそとした会話もまた、聞こえてくる。

それは、聞き覚えのある男と女の声——。

「あれ、もしかして浩司と凜か？」

「そうみたいね。……おーい！」

麻耶が、大声とともに、大きく手を振った。

もちろんその手は暗闇の中で見えはしないだろう。だが声は、光のないところでもきちんと届く。行く手の二つの光点は、麻耶の声に、一瞬はっとしたように停止したが、やがて、示し合せたように正確に、麻耶の姿を照らした。

「……もしかして、そこにいるのは、麻耶ちゃん？」

「そうよ！　やっぱり凜ちゃんだったんだね」

まさか合流するとは思わなかったよ——そう言うと凜は、浩司とともに、麻耶と正人のいる場所に駆け寄ってきた。

そして浩司は、正人の顔を見るや開口一番、言った。

「正人、亜以子はいたか？」

「……………」

正人は、静かに首を横に振った。

浩司は「そうか……」と呟くと、落胆したように肩を落とした。亜以子を連れてきていないのは合流した時点から明白だが、それでも一縷《いちる》の望みを掛けて聞いたのだろう。

そして、そのことはもちろん、浩司と凜が亜以子を見つけていないことの証でもあった。

「亜以子ちゃん、どこ行ったんだろう……」

麻耶が、不安そうに呟いた。

「ほんとに、どうしたんだろう。ぼくたちも一応、ぐるぐると廊下を回れるだけ回ってみたんだけど、どこにもいなかったよ」

「わたしたちも、放射状の廊下もできる限り確かめたんだけど……亜以子ちゃん、どこにもいなかった」

麻耶がつらそうな表情で頷くと、一瞬、沈黙が周囲を支配する。

そんな雰囲気を打ち消すように、正人は言った。

「もしかして、脱出したのかな」

「それだったらいいけど……」

浩司が、額を片手で押さえながら、語尾を濁した。

それだったらいいけど——の後に続くのは、おそらく否定的な言葉だ。

実際、この廃墟からそう簡単に出られるものではないことは誰もが痛感している。

それがあまりにも楽観的な解釈だということは、浩司の言葉を待たずとも理解できている。

「じゃあ、どこかの部屋にいる？」

「それは、あるかもしれないね」

凜の言葉には、正人が答えた。

「廊下には病室みたいな部屋がいくつもあるから、そのどこかにいる可能性はある……でも」

「……そうだね。ぼくだったら、部屋には入らないかな」

凜が、納得したように顎を引いた。

「怖すぎるもんね。袋小路で真っ暗な部屋に、ひとりで入るなんて」

「ああ。そう考えると……」

「まだ彷徨ってるか、もしくは……中庭に戻ったか、か」

浩司が、つらそうな溜息を交ぜながら、言った。

そんな浩司の様子に、正人は一拍を置いてから、そっと提案した。

「……一旦、中庭に戻って、出直したほうがよさそうだね」

「………」

無言だけを返した彼らは、しかし否定はせず、正人の言葉に従った。

――五分後。

彼らは、沈鬱な足取りのまま、中庭に戻っていた。

重苦しい雰囲気。上から圧《お》し掛かってくるような夏の湿気。

すべてが彼らを迫害しようとしているかのようなこの廃墟で、しかし彼らは、さらなる恐怖へと、叩きこまれた。

すなわち――。

「なあ……あれ……マジかよ……」

浩司が、膝から崩れ落ちた。

浩司だけではない。麻耶も腰が砕けたようにその場にへたり込み、凜も反射的に顔を伏せると、うっ、うっと嗚咽《おえつ》を漏らした。

「亜以子……亜以子……やめてくれよ……亜以子ぉ……」

浩司が、涙と鼻水塗れになったマフラーに顔を埋めながら、亜以子の名を呼ぶ。

そして、正人もまた——一歩も動くことなく、その光景を見つめていた。

正人が見つめる先。

四人の懐中電灯の焦点が合わさった、その場所。

そこにあったものは、新たにもうひとつ、いつの間にか生まれていた土饅頭と、その上に載せられた、亜以子の「首」だった。

*

ボーイッシュなショートヘアー。

いつも朗らかで、活動的な笑顔を見せていた亜以子。

だが彼女の首は、今は、土饅頭の上に、無造作に横倒しにされていた。

驚きに満ちた表情を浮かべたまま、もはやぴくりとも動くことはなく、ただ、桃色と白色と黄色がごちゃ混ぜになった生々しい首の切断面から、時折、ピュッ、ピュッとどす黒い血液を吹き出すのみだった。

何が起きているのか。誰の目にも、それは明らかだった。すなわち——。

亜以子は斬首され、その首が土饅頭に曝《さら》されていた。いや——飾られていた。まるでショートケーキのイチゴのように——。

「嘘だろ……嘘だろ……」

夢遊病者のように、ふらふらと、浩司が歩を進める。

そして、両手を土饅頭に突っ込み、掘り返した。

嗚咽しながら、茶色い土饅頭を掘っていく浩司。手を突っ込むたびに乾いた土埃が立ち上り、周囲にもうもうと砂が舞う。

やがて彼の手は、硬い地面に行き当たる。

黒く湿った土は重く、浩司の指先はいつしか血が滲《にじ》み始める。

それにも構わず、なおも土を掘っていく浩司は、やがて——。

「……あ、亜以子！」

最愛の人の身体を探し当てる。

見覚えのある真っ白なTシャツと水色のスカート。

浩司が心から愛し、彼女が編んだマフラーを何よりも大事にし続けた彼が、今、力の限りに掘り出した身体には——やはり、首がなかった。

その失われた首が、どこにあるのかは、あえて考えるまでもなく明らかなことだ。

だからこそ浩司は、首を失った身体と、身体を失った首を抱えながら、わあん、わあんと、誰憚《はばか》ることなく、いつまでも泣き続けるのだった。

そして――。

「正人くん。あれ……見て」

掠れた声で正人にそう言うと、凜は、亜以子の死体を指差した。

その指先の延長線上には――泥塗れの赤いお守りがひとつ、落ちていた。

それは紛れもなく、亜以子が大事にしていたもの。

「やっぱり、埋めたんだね」

凜がぽつりと、恐ろしく感情の籠らない声色で呟いた――。

*

呆然と、かつ慄然と。

どれくらいの時間が過ぎ去ったのだろうか。

鉄臭く、腐っていて、それでいて死をまざまざと感じさせる――辺りに立ち込める濃厚な血の臭いは、もはや誰のものなのか、どこから発せられたものかさえわからなくなっていた。

一同はきっと、すでに麻痺《まひ》していたのだろう。

浩司も、凜も、麻耶も、とっくの昔に、不感症になっていたのだ。もちろん、他ならぬ正人自身も――。

だから、かはわからないが――。

号泣していた浩司が、ややあってから、ぴたりと泣き止む。

まるで何かに気付いたように、あるいは吹っ切れたように――彼は、ぐちゃぐちゃになったマフラーを一度ほどいた。その隙間に火傷の痕をちらりと見せながら、きっちりとマフラーを首に巻き直すと、浩司は一同に振り返った。そして――。

「…………」

無言のまま、浩司は正人たちを見つめた。

真一文字に結んだ口元は、奥歯を噛み締めているのか、深い皺が刻まれている。たった数時間で落ち窪《くぼ》み、酷くやつれたように見える眼窩《がんか》には、眼球がギラリと炎を宿していた。

鋭い視線が、一同を見据える。

鬼気迫り、かつ絶望に淀む彼の表情が何を意味するのか、一体彼が今、何を考えているのかは、正人にはわからない。だが――。

正人が予想していたよりもずっと、落ち着いた声色で、浩司は言った。

「凜。君が言っていたことは、正しかった」

「…………」

凜は、言葉を返さない。

あえてそれ以上問わずとも、浩司の言わんとしていることの意味が、十分に理解できていたからだ。

凜だけじゃない。正人も、そして麻耶も――わかっていた。

だからこそ三人は、続く浩司の言葉を、じっと待つ。

浩司は――。

皆に伝える、というよりも、それを皆で確かめるのだ――そう言いたげな口調で、続けた。

「卒塔婆の裏には、こう書いてあった。『メヌツブシ　ワタエグリダシ　クビヌキレ』……この言葉の意味が、今はよくわかる。太一は目を抉り出されて殺された。つまり『メヌツブ』された。悠也は内臓を撒き散らされ殺された。つまり『ワタエグリダ』された。そして……」

ぐっ——と、湧き上がる感情を喉を鳴らして抑えながら、浩司は言った。

「亜以子も……彼女も、『クビヲキ』られて、殺された」

「すなわち、卒塔婆の句のとおりに、なっている」

「そうだ。正人。そのとおりだ」

ギラリ、と、一同が照らす懐中電灯の光を三つ、その瞳に反射させながら、浩司は大きく頷いた。

「すべては、卒塔婆に書かれていたとおりになった。いや……そのとおりに、実行された。このことが何を意味するのか。それはもう、言うまでもないことだ。そう……これは、『見立て殺人』なんだ」

4

ボクは——。

今は、理解している。

今にして思えば、執着していたのだということを。

彼女のことが好きで好きでたまらなくて、自分の手元に置いておきたくて、ずっと抱き締めていたかった。柔らかい身体をぎゅっと胸に押し付けて、落ち着く匂いを肺いっぱいに吸い込んで、彼女のことをいつまでも、自分だけのものにしたかった。

けれど、常識に囚《とら》われた彼らにとっては、きっとこれは「奇妙な」ことに映っただろう。

あるいは、眉を顰めただろう。それは「おかしな」ことなのだよ、と。

けれど、仮に誰かがこのことを「そんなのはおかしいよ、止めたほうがいいよ」

と、面と向かって窘めたとして、ボクの気持ちは微塵も変わらなかっただろうことも確信している。なぜなら、ボクは自分の気持ちに嘘は吐けなかったし、たとえ人に言われたからといって、それが捻《ね》じ曲がるようなことだって、なかったに違いないからだ。

だからこそボクは、この真実を秘しながらも、このときは、それがまさしく執着そのものなのだと自覚はしないまま、あの日を迎えてしまったのだ。

そう、ボクは――。

あまりにも考えが至らなかった。

当然のようにボクの傍にいてくれた彼女が、何をボクにもたらしていたのか。もし彼女がいなくなってしまったら、ボクの心にどれだけの穴を開けるものか。このことがもう少し早くわかっていたら、いや、ほんの少しでも想像ができたなら――ボクにもきっと、手が打てたに違いないのだ。

でも、結局ボクは、誤ったのだ。彼女があんな目に遭うなんて予想もしなかったし、だから彼女をあの合宿に連れてきてしまうという過ちを犯したのだ。

彼女がいなくなって初めて、そのことに気付いた。

だからボクは、酷く後悔した、そして――他ならぬこの後悔こそが執着だと、気付かされたのだ。

でも、結局、すべては手遅れだ。

誰かが歌っていた――失《な》くして初めて、その失ったものの大きさがわかるのだ、と。今のボクには、その歌詞の意味が痛いほどよくわかる。なぜなら、失った分だけ、その傷を塞ぐかさぶたのように、後悔と執着が覆い始めるのだから。

そして、不幸なことに、ボクの傷はあまりにも深かった。

かさぶたが治らないままケロイドになるように、ボクの心にも醜い跡が残った。その醜い跡の正体が、傷を作った原因に対する「殺意」だと気付くのにも、そう時間はかからなかったのだ。

結局――だからボクは、こうして復讐《ふくしゅう》を果たしているのだ。

ボク自身を食い潰している殺意をまっとうするために。

そして、殺意の残り滓《かす》となった心を、犠牲者たちの魂とともに、最後には土の下に埋葬するために。

そう、ボクは――。

薄々、理解しているのだ。

ボクはきっと、ボク自身を土葬しようとしているのだ、と――。

＊

四人は、しばし――黙り込んでいた。

時刻はすでに、午前二時になろうとしている。昔の言い方でいえば、まさに「丑《うし》三《み》つ時《どき》」だ。この世とあの世が繋がり、魑魅魍魎《ちみもうりょう》が現れ、縦横無尽に暗闇を跋扈《ばっこ》していると考えられていた時間に、まさに正人たちは、眠ることもできず、ただ中庭に、いかにも不安そうな表情のままで固まっていた。

目の前には、三つの死体がある。

眼球を抉り出された太一。はらわたを撒き散らされた悠也。そして、斬首された亜以子。

そして、大小四つの土饅頭もある。

その下には太一と亜以子の身体や、彼らが大事にしていたものが埋まり、あるいはその上に太一の眼球と亜以子の首が載せられ、さらには――それらを睥睨《へいげい》するように、あの卒塔婆が屹立《きつりつ》している。

「…………」

それらが混然一体となった、不気味な光景。

さっきから膝を抱えたままの浩司は、ちらちらと、前を向いたり俯《うつむ》いたりしていた。見るまいとしても、思わず見てしまう。なぜならば、そこにあるからだ——そんな体で、浩司は忙しなく、しかし不安そうに眼を動かしている。

一方の凛は、微動だにしなかった。

つなぎは汚れ、トレードマークのツインテールもほどけかけている。けれど彼女はじっと物憂げに目を伏せたまま、何かを考え続けていた。隣にいる麻耶は、凛の手を握ったまま、所在なさげに佇《たたず》み、時折正人に、助けを求めるような視線を送っていた。

正人は思う——三人はそれぞれに、思考を巡らせているが、もしかすると今、もっとも落ち着いているのは、凛かもしれない、と——。

「誰の、せいだ？」

誰かが、不意に呟いた。

その低い声の主が、誰かは、すぐにわかった。

「俺たちをハメたのは……誰だ？」

ギロリと、浩司が顔を上げる。

その険しい表情と血走った瞳の奥には、明確な敵意が浮かんでいた。

浩司の問い掛けに、凛が、やけに冷静な声色で答えた。

「わかんないよ、そんなの」

「わからない？　んなわけねえだろ！　俺は誰が殺《や》ったんだって聞いてるんだよ！」

「だから、わかんないって言ってるじゃない！」

苛立《いらだ》ったように、不意に凛が金切り声を上げた。

「なんだよ！　なんでいきなりキレるんだよ！　まさか凛、お前が……」

「違う！　そうじゃないよ」

「何が違うんだよ」

「ねえ……聞いて？　浩司くん」

凛は再び、冷静な口調に戻すと、淡々と言った。

「ぼくには、浩司くんが考えてることがわかるんだ。浩司くん、ぼくたちの誰かが犯人かもしれないって思ってるんでしょ？　でも、だからこそ浩司くんはこのこともわかってる。たとえそんなふうに問い掛けたところで、もしここに犯人がいれば、決して『自分が犯人だ』なんて言うはずがないって」

「それは……」

続く言葉に言い淀む浩司に、凜は言った。

「浩司くん、不安なんだよね。わかるよ。だって、ぼくも同じだから。正人くんも、麻耶ちゃんも同じだよね。でも、こういうときだから、落ち着かないと」

「………」

「もし誰かが犯人でも、そう……例えば背の高い正人くんが犯人だとしても、三対一ならぼくらが勝つ。誰が犯人でも、その犯人が不利であることには変わりはない。落ち着いて考えれば、まだぼくたちが有利なんだよ。もし仮に、ぼくたちの中に犯人がいるとしたって。……ね？　このこと、頭のいい浩司くんなら、わかるよね？」

「……チッ」

諭すような凜の言葉に、浩司は、吐き捨てるように舌打ちをすると、再び顔を伏せた。

浩司の不安は――いや、今皆が抱えている感情は、正人にもよくわかっていた。四人のうちの誰かが犯人だ。少なくとも、その可能性が高い。そう思わせるだけの状況がある中で、決して冷静でなどいられるはずがないのだ。必死で諭そうとする凜ですら、その落ち着いた声色の中には、僅かなヴィブラートが掛かっている。

それは、彼女がさっきからずっと、震え続けているせいなのだ。

だが——。

ともあれ凜のお陰で、一同は再び、かりそめながらも冷静さを取り戻す。

悲痛ながらも、自分自身を律するような眼差しで、浩司が言った。

「目的は、やっぱり……詩織なんだろうな」

「きっと……たぶん」

煮え切らない頷きを、麻耶が返す。

「でも、これで終わりだと……思う」

「これで終わり？　なんでそう言える？」

「だって……それしか書いてなかったから」

そう言うと麻耶は、静かに顔を上げ、その目線を卒塔婆に向けた。

麻耶の言いたいことは、おそらく皆にはすでにわかっていた。

卒塔婆の裏に書かれていたこと。すなわち「メヲツブシ　ワタエグリダシ　クビヲキレ」という文言。

太一も、悠也も、そして亜以子も、その文言どおりに殺された。

句に見立てられ、その内容が現実のものとなったのだ。

しかし、このことは裏を返すと、句に見立てられていないことは、現実にならないことを意味する。

メヲツブシ、ワタエグリダシ、クビヲキレ――その文言はすべて成就した。そして、それ以上何も書かれていないのであれば、まさしく麻耶の言うとおり「これで終わり」なのだ。

だが――。

「……そうかな」

凜が、沈んだ表情で口元に手を当てる。

「凜ちゃんは、違う意見なの？」

「……うん」

小首を傾げて問い返す麻耶に、凜は静かに続けた。

「確かに、句はもう終わってる。つまり、卒塔婆の句で示された『殺されるべき人間』は、すべて殺されたってことだよね」

「そうね。だからもう、誰も殺されない。……何か、おかしいかな」

「おかしくは、ないよ。でも……腑には落ちない」

「……どういうこと？」

眉を顰めた麻耶に、凜はなおも続ける。

「ぼくはね、この惨劇は、詩織ちゃんの一件に対する復讐なんだと思ってる。卒塔婆の表には詩織ちゃんの名前が書かれていたのがその証。だとすると、三人が殺されたのも、詩織ちゃんの件に関係があったからだ、ってことになる」

「そうね」

「待てよ凜、それはつまり、太一と悠也、それに亜以子には、詩織が死んだことに関して責任があった、だから殺されたってことになるのか?」

「うん。そういうことになる、と、思う」

会話に割って入った浩司に、凜は躊躇いがちに小さく頷いた。

「太一くんは、詩織ちゃんが倒れたときに一一九番するのを止めた。もしあのとき、すぐに救急車を呼べば、詩織ちゃんは助かったかもしれない。悠也くんも、訓練のスケジュールを組むときに詩織ちゃんの体質を考慮することができていれば、負担が軽くなって、心臓の発作も起きなかったかもしれない」

「確かに、太一も悠也も、もっと配慮しなきゃいけなかったよな。だけど、亜以子はどうなんだ? 亜以子は別に、詩織に対して何もしてなかったんじゃないのか?」

「それは……」

　一瞬言い淀みつつ、しかし凜は、意を決したように言った。

「浩司くんは知らなかったかもしれないけれど……亜以子ちゃんは、詩織ちゃんの薬を隠していたって話があるの」

「隠していた？　……あいつが」

「うん」

「わかんねえよ。なんのために？　亜以子はなんでそんなことしたんだ？」

　食い下がる浩司。

　浩司自身は、亜以子が薬を隠したことを知らない。浩司のことが好きな亜以子は、浩司が惹かれている詩織に意地悪をするつもりで、そんなことをした。皆の噂にはなっていても、当の渦中にある浩司の耳には当然、その噂は入らなかったのだ。だから、まるで理解できないといった体の浩司に、しかし真実をそのまま伝えることは、凜にもできなかった。

「それは、ええと……ちょっとした悪戯心からだった、って聞いたことがある」

「悪戯心？」

「う、うん」

曖昧に答える凜に、浩司はしばし訝しげに目を細めた。

だが、ややあってから、一応納得したかのように小さく「ホッ」と溜息を吐くと、張っていた肩の力を緩めて言った。

「よくわからないけど……確かにそれなら、亜以子が、詩織の死に関係していたと言えなくもないな……」

「だから復讐の対象になった、ってことか」

正人もまた、浩司の語尾を追いかけるようにして続けた。

「でも、それだと凜の言っていることが益々《ますます》僕にはわからないよ。それが腑に落ちないっていうのは、どういうことなんだ？」

「それはね……なぜぼくが対象外だったのか、ってこと」

「凜が、対象外？」

「うん。だって……ぼくだって、詩織ちゃんが死んでしまったことには、大きな責任があるはずだもの」

凜は、悲痛な表情を浮かべながら言った。

「あのキャンプ場を合宿場所に選んだのは、ぼくなんだ。救急車もなかなか来ない山奥で、しかもあまり環境がいいとは言えない。ぼくにも、詩織ちゃんの死の責任がある。だとすれば……なぜぼくが、復讐の対象とされなかったのかが、わからない」

「…………」

確かに——凜の言うことには、一理ある。

続く言葉を失う正人の代わりに、浩司が再び口を開いた。

「それなら、俺もそうだね。そもそも詩織のことを探検部に引き入れたのは、この俺なんだ。彼女の心臓が悪いことを知っていながら誘った俺には、詩織のことについて、もしかすると最大の責任があるかもしれない……」

「そうだよね？　だからこそ、ぼくには腑に落ちないんだよ。なぜぼくと浩司くんは、殺されなかったんだろう？　太一くんと悠也くんと亜以子ちゃんは卒塔婆の句に見立てられて殺されたのに、どうしてぼくたちは殺されなかったんだろう？」

目を閉じ、苦し気に首を傾げる凜。

そして、凜の言葉に、思わず続くべき言葉を失う、一同。

だが——。

「……きっと、そこまでの責任はないから、ってことじゃないかしら」

麻耶が、眉根に皺を寄せながら、呟くように言った。

「そう……なのかな？」

「だと思うよ。だって、詩織ちゃんが探検部に入ったのは、自分の意思でのことだし、それに凜ちゃんがこの場所を選ばなくったって、合宿なんだから、詩織ちゃんのリスクは変わらないでしょう。それより、あえて重い訓練をさせられたり、一一九番してもらえなかったり、命の次に大事な薬を隠されたりすれば、リスクは明らかに大きくなる」

「うーん……」

「犯人はきっと、その事実を重く見た。だからこそ、より詩織ちゃんの死に関わる度合いが大きいと判断した者三名を殺した、とは考えられないかな」

「確かに、合理的な判断ではあるな」

正人は、麻耶の言葉に続くように、小さく相槌を打った。

浩司もまた、眉間に皺を寄せつつも、一拍を置いてから言った。

「本当のところは俺にはわからない。けれど、何らかの理由があるのは、確かなようだ」

「………」

沈黙する凜。だが彼女は、ややあってから、納得いかないという表情を浮かべつつも、無理やり自分に言い聞かせるようにして、何度も頷いた。

やがて中庭を、今夜何回目になるかもうわからない沈黙が、静かに降りてくる。

蒸し暑さは、まだ引かない。

なのに、寒気が止まらないのか、凜が自分の両腕を抱いて、震えている。

浩司も、汗だくの顔をマフラーに――それは、彼女のプレゼントではなく、遺品になってしまった――埋めている。

麻耶もまた、怯えたように周囲を窺っている。

正人は――。

改めて、考える。

この四人の中に、犯人がいる。

そして、その犯人は、外面では恐怖に怯える無辜《むこ》の羊を装いつつ、友人たちを殺している。刑法に照らせば、酌量の余地なく死刑になるほどの重罪。けれどその人物は、そのリスクを冒してもなお、この犯罪に手を染めたのだ。つまり――。

犯人の内面は、すでに修羅と化している。

けれどその一方で、外面はごく平然を装っている。

その内面と外面の乖離《かいり》は、決して誰にもわからないのだ。

だから――。

正人は、膝を抱える。

誰かがカラスだと揶揄したシャツとデニムから、汗と、泥と、ほのかな血の臭いがした。

時刻が、午前三時を回った。

三つの死体を眺めながら途方に暮れる一同に、ふと思い出したように、誰かが口を開いた。

＊

「ね……出口、探そう?」

ぼうっとしていれば聞き逃してしまうほどの小声。まるでうわ言のようなその一言に、しかし他の三人は、意外なほど機敏に反応した。

「出口? 廃墟の出口のこと?」

いち早く凛が、問い返す。

「うん、そう。ここから出るの」

「でも、どれが出口なのかわからないだろ？」

次いで浩司が、怒ったような口調で問う。

「それは……うん、わからない。けれど、ここで朝を待ってるより、わたしはそのほうがいい」

「……確かに」

最後に正人も、彼女に同意する相槌を打った。

「僕も麻耶に賛成するよ。何もしないよりも、行動するほうがいい」

「待てよ正人」

浩司が、再び会話に割って入る。

「それって、虱潰《しらみつぶ》しに探せっていうのか？　時間が掛かるぞ。体力も消費する。それに……」

「はぐれることを心配してる？」

「まあ……」

正人の一言に、図星を突かれたように、浩司が口を噤む。

そう、浩司は恐れているのだ。下手に行動してはぐれることを。

なぜなら、あの卒塔婆の周りで骸《むくろ》となった三人のうち二人までも、そうやってはぐれた挙句に、命を奪われたのだから。

確かに、卒塔婆の句の見立ては、もう終わったのかもしれない。

だが、そのはぐれたものの末路がもたらすトラウマは、なおも浩司の心と身体を、少なくとも夜明けまではこの場所に縛り付けようとしているのだ。

だから、正人は一度、麻耶と目を合わせてから――。

「心配いらないよ、浩司」

そんな浩司に、諭すように言った。

「探索には時間は掛かるかもしれないけれど、夜明けまであと二時間と少しだし、疲れたらまた中庭に戻ってくればいい。何より、四人だったら、お互いに注意しさえすれば、はぐれることはないよ」

「…………」

「出口が見つからなければ、そのまま夜明けを待てばいいし、もし出口が見つかれば……」

「ラッキー、ってわけね」

凜が、無言の浩司の代わりに、小さく首を縦に振った。

三人の説得に、それでも沈黙を貫いている浩司だったが――。

やがて、表情はそのままに、意外なほど機敏な動作で立ち上がった。

「……どうしたの？」

突然の動作。怪訝《けげん》そうな顔をする三人に、左手でぎゅっと、首元のマフラーを握り締めながら、浩司は言った。

「なんだよ、ぽかんとして……出口を探しに行くんじゃないのか？　行くんだろ？　ほら」

「あ……ああ」

正人たち三人も、急いで立ち上がると、すでに背を向け中庭を後にする浩司の後を、慌てて追い掛けた。

＊

浩司の足取りには、一切の迷いがないように見えた。

分かれ道では躊躇うことなく、まるでそちらが正しい方向だとわかってでもいるかのように、潔く行く先を選んだ。けれど、そんな振り切ったような態度こそ、正人には、むしろ浩司が自分の中に残る不安をなんとかして払拭しようとしている

——けれど、どうしても振り切ることができない——ことの証のように見えた。

やがて道は、行き止まる。

廃墟の外周の先にある、鉄扉だ。

四人の懐中電灯がすべて、その鉄扉の上に記された番号を照らす。

「……『17』。さっきの扉とは違うね」

凛が呟く。

その呟きの僅かな余韻さえ消えないうちに、浩司は鉄扉に齧《かぶ》り付くと、ノブを両手で握った。

だが——。

「……開かねえ」

やっぱりか——そう言うと浩司は、ガチャガチャと乱暴にノブを引っ張り、それでも扉はびくともしないことを悟ると、最後に八つ当たりをするように、右足で思い切り鉄扉を蹴り上げた。

ガォーン——鉄板の振動が、獣の低い唸り声のような音を発した。

悔し気な表情で、浩司が鉄扉を睨みつける。

やはり彼は、自らの勘に頼ってここまできた。何かの確証があってこの『17』番の扉の前まで来たわけではないのだ。

はっ——と、溜息のような息を小さく吐くと、正人は言った。

「別の扉に行ってみよう」

「そうね。左回りで順番に調べて行けば、いつかは出られる扉があるかもしれないから」

頷くと、麻耶は一同を先導するように再び歩き出した。

麻耶の歩みは、落ち着いていた。懐中電灯で行く手をしっかりと照らし、決して淀みがない。彼女は、自分で言っていたとおり、廊下を右に曲がり、さらに少し先に見えるT字路を再び右に曲がると、突き当たりの鉄扉までものの三十秒で辿り着いた。

扉の上には——『40』とあった。

「……『40』番、か」

うわごとのように呟いた浩司に、凛が答える。

「てことは……二つ、わかることがあるね」

「二つ？　何がわかるんだよ」

自棄を起こしたような口調の浩司に、しかし凛は、あくまでも冷静な口調で言った。

「ひとつは、扉の番号はたぶんばらばらだってこと。隣が17で、ここが40なら、番号に何か規則性があるわけじゃないんだと思う」

「少なくとも、順番じゃあないな。……もうひとつは？」

「外に繋がる扉は、少なくとも四十はある」

「………」

絶句したように、浩司は言葉を失った。

それだけ多くの鉄扉を探索しなければならないのか——その面倒さに、嫌気が差したのだろうか。

ぼうっと立ち尽くす浩司の横から、麻耶が鉄扉のノブに手を伸ばした。

「気持ちはわかるよ、浩司くん。でも、黙ってたら、先に進めない」

そして、しばしガチャガチャとノブを回してから、麻耶は肩を竦めた。

「ここも、だめ。次に行きましょう」

「次もだめだったら……どうするんだよ？」

「その次に行くだけじゃない。ほら……浩司くん、頑張って！」

明るい口調で、麻耶が浩司を促したのだった。

重い足取りの一同は、そこから順繰りに、鉄扉が開くかどうかを確かめて行った。『40』の次は『12』、その次は『26』、『34』、『13』――確かに、数字の並びに規則性はないようだ。精神病院であったこの施設の性質から、患者の脱走を防ぐために、可能な限りの規則性を排除したのだろう。

そして一同は、さらに、次なる扉へと飽くことなく向かっていった。

「次は……『7』ね」

幾つめかの、扉。

四人が挑む新たな扉は、他と何ひとつ変わらず、ただ一点、数字だけが他と違う『7』である、7番の鉄扉だ。

麻耶が、ちらりと正人を見た。

懐中電灯の薄明かりの中、僅かに細めた彼女の潤んだ瞳が、ふと、なんだかやけに艶めかしく見える――。

「開けるぜ」

幾つもの鍵の掛かった扉を相手にしてきたせいか、もはや惰性で浩司がノブを摑む。

そして、そのノブを捻り、ガチャガチャと回すと――。

「やっぱり駄目だ。次だな」

「えっ？」

浩司が手を離したノブを、すぐさま麻耶が摑み、回そうとする。

そして、それが浩司の言ったとおりだと知ると――。

無言で、静かに手を離した。

「どうかした？　麻耶」

「ううん、なんでも」

問い掛ける正人に、麻耶はにこりといつもの笑顔を返すと、ふと一同に振り返り、
言葉を続けた。

「ねえ、皆……ちょっと疲れない？」

「疲れたかって？　そりゃあ愚問だろ」

懐中電灯の光のせいか、それとも疲労のせいか。隈《くま》のできた目で、浩司が肩を竦
めた。

「もういい加減にしてほしいぜ。こんなの、いつまで続けるんだ」

「確かに、僕もちょっと足が痛くなってきたよ」

正人も、向う脛《ずね》のあたりを摩《さす》る。

考えてもみれば、正人も含めて皆はこの廃墟の中を歩いたり、走ったりし続けている。

気遣うように、凜が言った。

「ちょっと休憩しようか？」

「ああ、そうしようぜ」

そう言うと浩司は、おそらく、ずっと開かない扉を探し続けていてほとほと不機嫌だったのだろう、顰めた顔のままその場にどっかりと腰を下ろした。だが——。

——ピチャ。

「……ん？」

尻を床に付けるや、浩司が怪訝そうに眉を寄せる。

そして、自分の尻の下を右手で触ると、そのまま、その右手を皆の前にかざし、懐中電灯の光を当てた。

その光の先には、血塗れの右手があった。

＊

「ぎゃっ！」

浩司が、喉から絞り出すような悲鳴とともに立ち上がる。

四人の懐中電灯が、すぐさまその場所を照らす。

そして彼らが——もちろん正人も——予想していたとおり、浩司が座った場所は、赤一色に染まっていた。

そこには、血の海が、広がっていたのだ。

「う……うわあっ！」

誰かが、叫び声を上げる。

そして、ざざっと地面を蹴る音とともに、その場を走り去る。

その一瞬、正人が見たのは、浩司の背中。そして——。

「ま、待って、麻耶ちゃん！」

凜の声で、麻耶も浩司とともに逃げて行ったのが、わかった。

「行こう、正人くん！」

二人の背中を懐中電灯で照らしながら、凜が正人の名を呼び、手を握った。

正人は返事をするのもそこそこに、すぐ凜の手を握り返し、浩司と麻耶を足早に追い掛けた。

*

浩司と麻耶の足は、もつれがちだった。

疲労がたまっているのだろう。時折転びそうにもなっている。だがそれは、追い掛ける側の正人たちには奏功した。そのおかげで二人の姿を見失わずに済むからだ。

二人は縦横無尽に、ランダムに駆けていた。

おそらく、何かから逃れようとしているのだろう。麻耶が先を行き、その後を急《せ》き立てられるようにして浩司が続く。

けれど、廃墟は、いつしか、彼らの行く先を無意識に誘導する。

そう――。

精神病院という施設の構造は、いつも、外へではなく、内へ内へと、人間を誘導するようにできているのだ。例えば、内側に行くほど少しずつ幅が大きくなる廊下。

これも、見通しのよい場所、すなわち開放感のある方へと行きたがる人間の本能を利用しているのだろう。足元も、感覚を鋭敏に研ぎ澄ませば僅かな傾斜があることに気付く。そう――この廃墟は、中庭に向けてまるで蟻地獄《ありじごく》の巣のような形をしているのだ。

そして、その事実が、今もまた一同を、その場所へと誘い出す。

その場所――すなわち、中庭へと。

――不意に。

四人の視界が開ける。

見覚えの場所に出る。

彼らは、思わず足を止める。

いや――足が無意識に竦む。

そこには、円形の空間と青天井、そして、見覚えのある土饅頭と、見たくもない死体が、先刻そのままに放置されている。

夏の蒸し暑いこの時期、中庭にはすでに腐敗臭が立ち込め始めている。

凪もなく、ただ足下の土が、じりり、と不気味な感触を彼らの足の裏にもたらす。

キーン――と、無音が痛いほど彼らの鼓膜を突き刺す。

口の中に、自然と、何か苦いものが込み上げてくる。

視覚、嗅覚、触覚、聴覚、そして味覚。すべてを敵に回して、彼らはただ――呆然と、その場に立ち竦んでいた。

だが――。

「……あ、あれ」

誰かが、何かを指差した。

その漠然とした指示にも、彼らは爛々と輝く獣のような八つの瞳を、まさしくその何かへと向ける。

そこには――卒塔婆があった。

この位置から見ているのは、卒塔婆の裏だ。

四人の懐中電灯の光は、まさにその場所を焦点として、黒々と墨書きされた句を照らし出す。

だから、四人は遠目にも、容易に読むことができた。

――メヲツブシ　ワタエグリダシ　クビヲキレ
変わらず書かれた、あの句。

だが、今は――。

「……う、嘘だろ？」
正人は、震える声を絞り出すようにして、呟く。
なぜならその句の下に、今、新たな句が書き込まれていたからだ。
他の三人が、息を飲んだ。
その静かな音を片方の耳で聞きつつ、正人も、卒塔婆の新たな句を黙読した。
すなわち――。
――メヲツブシ　ワタエグリダシ　クビヲキレ
シタキリ　アタマワリ　ツチノシタ――。

*

呆然。

そう、彼らはただ、呆然としていた。

じっと卒塔婆の裏の、あの忌まわしい句の、しかも今、新たに書き加えられていた「下の句」を読み、ただただ、その場に立ち竦んでいた。

四人の視線は、卒塔婆を焦点に合わせたまま、微動だにしない。

いや、きっと彼らは、目を離すことができないのだろう。

正人の視線も、卒塔婆の下の句から、決して離れることはない――。

「……ボクは……ボクは……」

ふと、誰かが呟いた。

その呟きが誰のものなのか。

性別も、声色も、何もかもわからない。

けれど、耳を澄ませば、なおも聞こえてくる――。

「……知らない……ボクは……知らないぞ……シラナイゾ……コンナノ……」

――ハッ。

思わず、振り返る。

だがそこには、慄然とする三人の姿しか、ない。

呟きの主が誰かは、見て取れない。

だが、直後――。

「……っ！」

不意に、麻耶がその場から走り出した。

「ま、麻耶ちゃん？　待って」

凛が制止する言葉も空《むな》しく、彼女の姿は、あっという間に暗闇の中に消えていく。

正人たち三人は、唐突に、取り残される。

「ど、どうする？」

不安げに、浩司が凛を見る。

いつもは冷静な凛も、さすがにこの突然の状況に、無言のまましばし困ったように目を泳がせると、やがて、助けを求めるように正人を見た。

正人は——。

「……追い掛ける」

その一言だけを口にすると、今しがた麻耶が消えた暗闇へと、走り出した。

「おい待て！」

「ま、待ってよ！　正人くん！」

二人の声は、徐々に背中の向こうに、消えていった。

＊

——しまった。

衝動的過ぎたかもしれない——。

ややあってから正人は、真っ暗な廊下を歩きながら、ひとり考えていた。

幾らなんでも、単独で追い掛けるのは無謀だった。そうするしかなかったとはいえ、さすがに一息の冷静さが必要だったかもしれない。

だが、後悔してももう遅い。

正人は結局、ひとりで誰もいない廃墟を歩く羽目になったのだ。

凛と浩司は、どこにいるだろう？

ひとりで走り出した自分を、二人はどう思っているだろう？

疑っているだろうか？

当然、そうに違いない。であれば、二人と会ったときにはきちんと話をしなければ——。

「……あっ！」

後ろで、高い声がした。

振り返ると、眩しい懐中電灯の光が、正人の顔を照らす。

「こんなとこにいたんだ！　探したんだよ、正人くん」

タッタッタッと、軽い足音とともに、凛が駆け寄ってきた。

正人は、凛が眩しくないように彼女の顎の辺りに懐中電灯の光を当てると、一拍を置いてから、努めて落ち着いた声で言った。

「ごめん、ひとりで行ってしまって……それに、麻耶も見つけられなくって、本当に僕は……」

「謝らなくてもいいよ」

凛は、正人の腕を摑むと、ふるふると首を横に振った。

「あんな状況じゃ、皆パニックになって当たり前だもん。ぼくだって、どうしたらいいかわからなくて……麻耶ちゃんと正人くんを探してたら、いつの間にか、ひとりになってて……」

「ひとり？」

そういえば、と凛の周囲を懐中電灯で照らす。

浩司の姿は、ない。

「もしかして、浩司とはぐれた？」

「うん。てっきり浩司くんもぼくに付いてきてると思ったんだけど……」

後悔するように両目を閉じると、凛は大きく首を横に振った。

そんな凛を力づけるように、正人は言う。

「大丈夫。あいつはああ見えて底力がある奴だから。また合流できるよ。……うん。麻耶ともね」

「……そうかなぁ」

「そうだよ。平気さ。絶対に会える」

不安げに見上げる凜に、正人は大きく頷くと、凜の手を取って歩き出した。

――あいつはああ見えて底力がある奴だから。また合流できるよ。

うん。麻耶ともね――。

正人は、言葉を反芻しながら苦笑した。我ながら、根拠のない言葉だなあ――。

――だが。

凜の手を引き廊下を歩く正人の根拠のない言葉は、意外にも、ほどなくして成就した。

二人の行く手に、光点が見えたのだ。

世話しなく壁を縦横無尽に動く光。間違いない。あれは誰かが照らす懐中電灯だ。

「お……おーい！　おーい！」

正人は大声を出し、手を振る。

一瞬、光点がびくりと止まり、怯えたように小さく震える。

だがすぐ、声の主が正人だとわかると、むしろ安心したように、ぐんぐんと正人たちのほうに向けて近づいてきた。

「ま……正人か？」

「ああ。凛もいるよ！」

「凛も……？　あ、ああ……」

よかった——と、疲れ切った顔に、声にならないままの口をぱくぱくと開閉させると、浩司は、正人と凛の顔を交互に見ながら、壁にぐったりと凭《もた》れたのだった。

ともあれ、三人はなんとか、再合流できた。

だが、それから三人でしばらく廃墟の中を歩くも、麻耶だけは見つからない。

三つの光が照らす先には、無機質なコンクリートだけがおぼろに現れるのみ、おーい、おーい、と声を出してこちらの居場所を知らせるも、返ってくる返事もない。

正人を先頭にして、当てもなく歩く三人。

やがて——ふと思い出したように、浩司が言う。

「なあ……もしかして麻耶、もう見つからないんじゃないか」

「見つからない？　どういうこと？」

びくり、と肩を震わせつつ、凛が答える。

「まさか浩司くん、麻耶ちゃんはもう死んだって言いたいの？」

「そうじゃなくってさ……俺、思うんだが」

首を横に振ると、浩司は、おそらく無意識に声を潜めた。

「麻耶、本当は、何か知ってるんじゃないか？」

「……えっ？」

立ち止まると、凜は驚いたように目を瞬く。

そんな凜の代わりに、正人は浩司に問い返す。

「麻耶が何かを知ってるんじゃないかって……どういうことだ、浩司」

「どういうことだって言われても……」

困ったように、浩司が答える。

「なんというか、勘だよ。ほら、麻耶っていつも妙に落ち着いてただろ？」

「落ち着いてる、か……確かに、そうかもしれないけれど、それだけで何かを知っているかと言われるとなあ」

「それだけじゃないんだぜ。さっきも麻耶は不意にいなくなったけど、なんだか、意図的なもののような気がしなかったか？」

「意図的な……？」

「どういうこと？　麻耶ちゃんがわざといなくなった、ってこと？」

凛も、眉間に皺を寄せると、正人たちの会話に再び入ってくる。

浩司は、一拍を置くと「ああ」と静かに頷いた。

「いきなり走り出しただろ。あれって、意図的というか、何か確固たる意志を感じなかったか？」

「それは……衝動的じゃなかったってこと？」

「うーん、衝動的じゃなかったわけじゃないけれど、何というか、脇目も振らずに走り出したように思えた」

「つまり、何かの目的が、あった。だから意図的だ、と」

「…………」

「だから、麻耶ちゃんは何かを知っている、と」

「……そう思う。俺は」

神妙な表情で、再び浩司は首を縦に振る。

浩司の言葉を聞いて、正人は――思う。

浩司は、何かに気付き始めている。

それは、この廃墟の秘密であり、卒塔婆の秘密であり、土饅頭の秘密。そして

――自分たちに害を為《な》そうとする者の正体の、秘密だ。だとすれば――。

自分は、どうすればいいのだろうか？

「……どうした？　正人」

「えっ？　あ、ああ……なんでもない」

怪訝そうな浩司に見つめられ、顎に手を当てて考え込んでいた正人は、わざと明るい口調で答えた。

と、そのとき――。

「……うーん」

凜が、小さく唸った。

「ねえ、二人とも……さっきから何かヘンな臭いがしない？」

「臭い？」

「うん。さっきからっていうか、随分前から、なんだけど」

凜につられるようにして、浩司が周囲の臭いを嗅ぐ。

「……臭い、するか？」

「するよ。ほら、何か薬品っぽい臭いが」

「そう言われてみれば確かに、するね」

正人も、スンと鼻から息を吸いながら答える。

「これって、なんだろう。ただの消毒液じゃない気もするけれど」

「………………」

一瞬、凜が表情を曇らせる。

その変化に気づいた正人は、一拍を置いて問う。

「……どうかした？」

「ううん……なんでもない。ただ、この臭いに、覚えがあるだけ」

「覚え？　……どういうこと？」

「あのね、ぼくのお祖父《じい》ちゃんはお医者さんで、大学の先生だったんだ」

「ってことは医学部の先生か。偉かったんだね」

「ぼくが小さいころに死んじゃったけどね。でも、ぼくの記憶でもこの臭いはよく覚えてる。ただの消毒液じゃなくて、もっと別の、強烈な臭いだったから」

「で、これ、何の臭いなんだ？　すごく嫌な感じがするが……」

ようやく臭いに気づき、鼻をヒクヒクとさせながら顔を顰める浩司に、凜は言った。

「これが何だったのか、ぼくは後になって、親に聞いたんだ。そしたら親はこう言った……『お祖父ちゃんはね、法医学者だったのよ』って」

「法医学者……」

「……て、ことは、まさか」

「うん」

正人に向かって、凜は小さく頷いた。

「これはホルマリンの臭いだよ」

＊

歩いていくにつれ、臭いはどんどんと強くなっていった。

正人たちは、その臭いの方向にゆっくりと歩を進めながら、静かに言葉を交わした。

――この廊下はどの辺りかな。

――わからない。もしかしたら一度は通った場所かもしれないけれど、そのときには臭いはしなかったはず。だとすれば……。

――なぜこんなに強いホルマリンの臭いが、今ごろしているんだ？

「……嫌な予感がする」

浩司が呟く。怯えたような彼の顔の下半分は、マフラーに深く埋められていた。

なおも、歩を進める。

暗闇の廊下には、誰の、何の気配もない。

ただ、不穏なホルマリンの臭いだけが立ち込めている。

強い刺激に、ケホ、ケホ、と凛がむせた、まさにそのとき——。

「……あっ！」

浩司が、懐中電灯の光を壁に向ける。

その場所、すなわち廊下の壁に、不意に、黒い開口部が現れていた。

底知れぬ闇の向こうに光を投げながら、浩司が、愕然とした口調で言う。

「壁に……穴が、開いてるのか？」

「いや、違うね」

正人は、その場所に目を細めて言った。

「これ、階段だよ。下に行く段が見えるだろ」

「あ、た、確かに……でもなんで、こんなところに階段が出現してるんだ？」

不審げに開口部の階段を覗く浩司に、凛が答える。

「見て、ほら、ここにドアがある。つまり、廊下の壁沿いのドアが開いて、階段が見えてるってことみたい」

「さっきはドアが閉じられていた。だから階段に気づかなかったってことか」

「うん。臭いがしなかったのも、密閉されていたからだね」

「でも、だとすると……開けたのは、誰だ？」

「…………」

沈黙する凜に代わり、正人は静かに答えた。

「もしかして……麻耶かな？」

「…………」

浩司もまた、口を閉じる。

しばし一同は、無言でお互いの目を——まるで、闇夜を徘徊《はいかい》する野良猫のような目を——見つめ合っていたが、やがて——。

「……行ってみよう」

そう告げた正人に、浩司も凜も、ただ従容と頷いた。

＊

カツーン、カツーン――。

三人の足音が、階段を下りていく。

地下へ向かう階段の終点がどこにあるのかわからないほど、足元は覚束《おぼつか》ない。湿気と、黴《かび》と、何よりもホルマリンの強烈な臭気にくらくらしながらも、しかし三人はようやく、長い階段を下り切った。

ひと呼吸を挟んでから、懐中電灯の光を投げると、行く手はすぐ数メートル先で行き止まっているのが見て取れた。

浩司が、安堵したような吐息とともに言った。

「なんだ、袋小路なのか？」

「いや、違うみたいだね」

凛が、険しい表情のままに、突き当りを照らす。

その突き当たりには、一枚の両開き扉があった。

そしてすぐ三人は、その扉の上にあるプレートに、目を見張った。そこには――。

「……『霊安室』」

ごくり、と浩司が唾を飲み込む音がする。

「ま、マジかこれ」

掠れた声で、正人も呟きつつ、一歩下がる。

霊安室――それは、死体を安置するための部屋だ。

精神病棟であるとはいえここは病院だ。亡くなる人もあっただろう。だとすれば、そうした人を安置するための場所も必要になる。時には、死体を防腐処理し保存するためにホルマリンを使うこともあったはずだ。もちろん、そのための部屋はできるだけ人目につかず、臭いを閉じ込められる場所に隠すようにして設けたに違いない。

そう、それくらいは、すぐにわかることだ。だが――。

「……ヘンだよ」

凛は、怖気《おじけ》づくことなく、噎《む》せ返るほどのホルマリンの蒸気ももともせずに、扉を睨みつけていた。

「霊安室を使っていたのなんて、ずっとずっと昔のこと。ホルマリンだってとっくに蒸発してるはず。なのになぜ……こんなに臭うの？」

そう言うと凜は、しっかりとした足取りで、両開き扉のノブに手を掛ける。

「り、凜！」

止めろ、止めてくれと言いたげに、浩司が凜の名を呼ぶ。

だが凜は、決して後ろを振り返ることなく、そして躊躇うことなく、そのノブを捻ると、一気に――引き開けた。途端――。

「うわっ！」

ホルマリンの濃厚な蒸気が、まるで壁のように三人に襲い掛かった。

ゲホ、ゲホ、と浩司が盛大に咳《せき》をする。

さしもの凜も、一歩も前に進めず、染みる目を閉じていた。

正人も、噎せそうになるのを堪《こら》えつつ、必死で――扉の向こうに、懐中電灯の光を向けた。

直後――。

三人は、見た。

あまりにも悍ましいものを、そこに――見たのだった。

＊

「……なんだよ、あれ」

意外なほどの無感情な声とともに、浩司が、足下を指差した。

そこには、液体が溜められた槽があった。

床からさらに深く掘られた、幅三メートル、長さ四メートルほどの小さな槽。

その槽に、透明だが、妙な重さを感じさせる、強烈な臭気を放つ液体が溜められている。化学に詳しくなくとも、浩司はすぐに、それがホルマリン臭の源泉であるということを理解しただろう。

そして同時に、その槽の中に、プカプカと暢気《のんき》に浮かんでいるものにも気づき、そして――。

「……なんだよ、あれ……なんだよ……あれ……」

同じ言葉、同じ口調を繰り返しながら、しかし今にも泣きそうに顔を歪めて、浩司はただ繰り返した。

なぜなら、ホルマリン槽の中に、仰向けに浮かぶもの。

それが、紛れもなく——麻耶の身体だったからだ。

——そう。

麻耶は、死んでいたのだ。地下の、ホルマリン槽の中で——。

「ほ……本当に麻耶、なのか？」

正人は、喘《あえ》ぐようにして呟く。

だが、確かめるまでもなく、ホルマリンに浮かぶ身体は濃赤の長袖ブラウスと黒のスリムジーンズを纏《まと》っていたし、その澄ました顔も、その今はメデューサのように水面いっぱいに広がった長い黒髪も、明らかに生々しい麻耶のそれだということが、明らかに見て取れた。

「あ、あああ、ああ、あ……」

何を言おうとしているのか、麻耶の死体を指差したまま、浩司がうわ言のように呟く。

あり得ない、とでも言いたいのか、亜以子の名を呼んでいるのか、あるいは、そのどれとも異なる何かを言おうとしているのか。ただ理解できるのは、浩司が半ば錯乱しているのか、その口角が笑っているかのように上がっていることだけだった。

その一方——。

「…………」

凛はただ、無表情のまま、ホルマリン槽と死体を見下ろしている。

「り……凛？」

「…………」

正人が呼び掛けても、彼女は無言のまま微動だにしない。

だが、ややあってから凛は、そっと、槽の縁を指差した。

「あれ……なに……」

その震える指が指し示す先には――。

一枚のスナップ写真があった。

写っているのは――笑顔の少女。

その少女の顔には、見覚えがあった。

――詩織だ。

それは、詩織のポートレイトだった。

彼女の写真が、麻耶の沈むホルマリン槽の縁に、まるで捧《ささ》げもののようにして、

そっと、置かれていたのだ。そして――。

捧げられているものは、もうひとつ、あった。

詩織の写真の、すぐ横。

彼女の笑顔とはあまりに対照的な、あまりにおぞましいものが、置かれている。

それは——肉。

紫に近い、生々しい赤色をした、手のひらに載るくらいの大きさの、血を滴らせた肉片。三角形に近い形状と、その表面に見える特徴的なざらつきから、やがて彼らは、それが何の肉なのかを、理解する。

それは——。

「……舌」

そう、それは、切り取られた舌——だったのだ。

舌。そして——詩織の写真。

呆気《あっけ》にとられたようにそれを見下ろす彼らは、ふと——。

ホルマリンに浮かぶ麻耶の口が、僅かに開いていることに気づいてしまった。

そして、見まい見まいと思いつつも、彼らは見てしまった。

彼女の、可愛らしい唇の奥に、ただ空虚だけが広がっているのを。

「……『シタキリ』だ」

誰かが、まるで嘲笑うかのように、呟いた。

＊

「うわあああああぁ！」

突然、絶叫とともに、浩司が逃げ出す。

振り向いたときには、浩司の姿はすでに霊安室にはない。

突然のことに一瞬呆然とする正人だったが――。

「正人くん！」

凛の声に、はっと我に返る。

「ご、ごめん。浩司は？」

「もう階段のほうに！」

凛の言葉を裏付けるように、ダンダンダンと階段を踏み鳴らし駆け上る音が聞こえてくる。

「…………」

「どうする、正人くん」

僅か一秒、今をいかにすべきか、逡巡《しゅんじゅん》を挟んでから、正人は答えた。

「追っかけよう」

「わかった！」

凜が、素早く走り出す。

正人もまた、そんな彼女と、この場を逃げ出そうとしながらなお絶叫する浩司の後を、追い掛ける。

滑る床。

必死で走ると、階段を二段飛ばしに上がり、廊下へと戻ってくる。

暗がりを、四方八方に懐中電灯で照らす。だが——。

浩司の姿はない。

それどころか、先刻まで聞こえていた絶叫も、走り去る足音も、ない。

不気味なまでの静けさが、辺りを支配している——。

「あいつ……どこいったんだよ」

「中庭だよ！　浩司くん、たぶん中庭に行ってると思う」

「どうしてそう思う？」

問い返す正人に、凜は、息を切らせながらも、もどかしげに言った。

「あ、亜以子ちゃんがいるからだよ。だから、浩司くんならきっと、あそこに戻る！」

「……確かに」

小さく頷くと、正人は、やけに冷たい凜の手を取り、走り出す。

「中庭の場所、わかる？」

「ああ。たぶん……こっちだ」

湾曲する、同心円状の廊下。

直線をなす、放射状の廊下。

それらを念頭に置いて動けば、必ず道は、中庭に通じている。

正人は、確信とともに、無明の廊下を走っていった。

やがて、その確信は現実のものに変わる。

不意に視界が開け、あの土饅頭と、卒塔婆と、そして三つの死体がある、見慣れた土の庭へと出る。

中庭に、戻って来たのだ。

そして——。

その場所に、浩司もいた。

＊

「あっ、浩司くん！」

凜が、声を張った。

「よかった、やっぱりここにいたんだね」

安堵の表情で、浩司の傍に駆け寄る凜。だが——。

「……来んじゃねえ！」

「えっ？」

「それ以上近寄るな。近寄ったら敵とみなすぞ」

「……こ、浩司くん？」

足を止めた凜に、敵意を剝き出しにした険しい表情の浩司は、肩を怒らせる。

浩司の、突然の豹変《ひょうへん》。正人は、戸惑ったように浩司に問い掛けた。

「どうしたんだよ、浩司……何かあったのか？」

「何もねえよ」

「何もないなら、なんで……」

「だから、近寄るなって言ってるだろう！」

足を一歩踏み出した正人に、浩司は、身構えながら怒鳴った。

「お前らが……お前らがやったんだろうが！」

「やった？　やったって、何をだよ」

「亜以子をだよ！　お前らが亜以子を殺ったんだろう？」

「は？　僕たちが？」

正人は、思わず凜と目を合わせる。

「しらばっくれんなよ！」

だが浩司は、正人と凜の様子に、むしろ激高した。

「俺にはわかってんだ。亜以子だけじゃないだろ？　太一を殺ったのもお前らなんだろ？　悠也と麻耶を殺ったのもお前らなんだろ？　今さら違うなんて言わせねえぞ！　だって、今ここには俺らしかいねえんだからな！」

「ちょっと待て、浩司、落ち着け」

「落ち着いてられるか！　ふざけんなよ、皆はいつも、俺の見てないところで殺されたじゃねか！　だったらもう、お前らが殺ったとしか考えられねえんだよ！」

「そ……それは誤解だ」

「誤解じゃねえよ！　こんな場所に連れてきやがって！　俺を嵌めやがって！　許さねえぞ、この殺人鬼！」

「…………」

取りつく島がない。

浩司は、喚《わめ》きながら血走った眼で正人たちを睨みつけている。その瞳孔は大きく開き、もはや彼自身が冷静さを失っていることは明らかだった。

しばし、無言の膠着《こうちゃく》状態が続いたが――。

「ねえ、浩司くん」

凛が、優しい声色で浩司に言った。

「よく考えてみて？　ぼくたちは、犯人じゃないよ？」

「…………」

「ぼくたちに皆を殺せるようなチャンスはなかった。そもそも、ここにだって、亜以子ちゃんが道に迷って、偶然に来たんじゃない。そう考えれば、ぼくたちの誰も犯人じゃないってすぐに理解できる。浩司くんにも、それはわかるでしょ？」

「…………」

ふっ――と、気が抜けたように、浩司の肩が落ちる。

納得、したのだろうか？

「そ、そうだよ浩司。少し……落ち着こうぜ。な？」

近づこうと、正人がそっと、一歩前に出た瞬間——。

「来るなぁ！」

浩司が絶叫し、正人に襲い掛かってきた。

＊

「うわっ！」

一瞬で正人は、浩司に間合いを詰められる。

思わずよろけた刹那、浩司の右拳が、チッ、と正人の耳を掠めた。

「痛っ……」

「痛いじゃねえんだよこの野郎！」

体勢を崩した正人に、浩司はなおも殴り掛かる。

「お前らに殺された皆は、もっと痛かったんだよ！」

正人の頬を追い掛けるように、浩司の左拳が炸裂《さくれつ》する。

「……ぐっ」

視界が揺れ、口の中に鉄錆の味が広がる。

正人は思わず、仰向けに倒れ込む。

その上に、すかさず浩司が馬乗りになり、容赦なく殴り掛かった。

「お前らが犯人じゃない？　嘘つけ！　だったらあの土饅頭は何なんだよ！　あの卒塔婆は何なんだよ！　偶然あんなものがあるはずねえだろうが！」

「ま、待て浩司……ぐっ！」

拳が、腹にめり込む。

込み上げてくる酸っぱいものを堪える正人に、浩司はなおも叫んだ。

「そもそも卒塔婆には何が書かれてた？　詩織の名前じゃねえか！　彼女のことを知ってるのは俺たちだけだろうが！　だったら……生き残ってる俺たちの誰かが犯人だって、すぐにわかることじゃねえか！」

「………」

重い拳がなおも、正人に襲い掛かる。

正人は身長が高い。体格もよく頑丈なほうだ。さほど体格がいいとはいえない浩司が馬乗りになったところで、容易に跳ね返せたはずだ。

だが――今は、違った。

狂乱状態の浩司はいつもの彼からは考えられないほどの馬鹿力を出している。

正人もまた、その力を生のまま受けるしかない――。

「や……止めろ、浩司」

正人は、呻くように言う。

だが浩司は、決してその血まみれの拳を止めることはない。

「亜以子は！　亜以子は！　お前らの！　お前らが！　殺したんだ！」

「待て、誤解だ」

「誤解じゃゃ！　ねえ！　お前らは！　亜以子の！　仇だ！　だから……殺す！」

殺す！　殺す！　コロス！　コロス！

呪文のように唱えながら、浩司は、涎《よだれ》とも涙ともつかない液体をまき散らしながら、正人の頭を、胸を、腹を、何度も何度も殴りつけた。

――ああ。

誰か――浩司を、止めてくれ――。

正人は、ぎゅっと目を瞑りながら、心の中で願った、まさにそのとき。

ゴッ。

鈍い音。と、同時に。

「グェ」

浩司が、蛙《かえる》が鳴いたような声を発する。

ゴボッ――もう一度、鈍く、そして何かが潰れるような音。

ガクン、と力が抜けたように浩司が項垂れる。

「な……何が？」

啞然とする正人の上で、浩司はそのまま後ろ向きにもんどり打った。

仰向けに倒れる浩司の身体の向こうに見えたのは――。

「…………」

卒塔婆を両手にする、凜。

肩で息をする彼女は、鬼の形相で、今まさに崩れ落ちた浩司を睨み下ろしていた。

彼女のその様子と、彼女が手にする長い卒塔婆にこびり付いた血液――正人はすぐに、理解した。

凜が、卒塔婆で二度、浩司を殴りつけたのだと。

「あれ……？」

直後、凜がハッと我に返り、卒塔婆を取り落とす。

カランカラン——と、乾いた虚《うつ》ろな音が響く。

「えっ、まさか……ぼく……？」

今自分のしたことが信じられない、と言いたげに、呆然と呟きへたり込む凜に、正人は、ありがとう、と掠れる声でお礼を言おうとした。だが——。

「ガアアアアアッ！」

突然、浩司が絶叫とともに起き上がる。

そして、凜を血塗れの顔で見ると、猛然と襲い掛かった。

「……っ！」

「コロシテヤルァコノヤロオオオオッ！」

泥まみれの拳が、座り込んだ凜の頭上に振り上げられた。

そのとき、正人は——。

「止めろ！」

気が付くと、卒塔婆を両手にしていた。

分厚く密度の高い木材で作られたそれは、ずっしりと重く、正人に安心感を与えた。

そして正人は、その卒塔婆を振り上げると——。

「止めろーッ！」

浩司の後頭部目掛けて、力いっぱい振り下ろす。

その瞬間、浩司が振り向いた。

ボクッ。

卒塔婆の側面が、ちょうど浩司の額のど真ん中にめり込んだ。

「あン」

やけに、可愛らしい声。

グリン――と浩司が白目を剝く。

なぜかビン、ビンと二度、大きく仰《の》け反《ぞ》ると、そのまま、ゴボゴボと泡を吹き、
そしてゲボッと胃の中のものを吐く。

唾、胃酸、涙、鼻水、そして泥と土とが綯《な》い交《ま》ぜになったおぞましい粘液で、大事なマフラーをぐちゃぐちゃに汚しながら、けれど浩司はもはや、何にも構うことなく、白目のまま背後にゆっくりと倒れていった。

ゴン。

後頭部が、土に当たる。

力の抜けた身体が、地面にへばりつく。

とろとろと、今にも湯気が立ち上りそうな血が彼の顔を覆い、やがて赤いマフラーと同化する。

首から上を無残な赤で染めた浩司は――。

それきり二度と起き上がらなかった。

＊

それから、十分が経った。

浩司の後頭部と額は陥没し、そこに赤色の肉と、白い骨と、あとは黄色と灰色とピンク色の何かが、血のスープの中でぐちゃぐちゃに混ざりあっていた。

呼吸は、していなかった。

心臓も、止まっていた。

もちろん、もはやピクリとも動かなかった。

そして二人は、自分たちのしたことを理解した。すなわち――。

浩司を、正人と凜が、殺したのだということを。

5

凛は、泣いていた。

目を真っ赤にして、泣いていた。

頰に流れる涙も拭わず——。

無言で、浩司を埋めていた。

亜以子の生首の隣に。彼の大事にしていたマフラーとともに。

率直に言って——。

正人と凛が掘った穴は、浩司を埋めるにはどうにも小さすぎて、彼の尻だけを収めると、あとは埋めるというよりも土を掛けるようにして、浩司の姿が見えないようにした。

その代わり、とでも言うように、二人は彼のマフラーを、丁寧に埋めた。

亜以子が編んだそれは、目も不均一で、お世辞にも上手なものじゃないことに、今さら気付く。

でも――だからこそ浩司はこれを心から大事にしたのだろう。

人間は、高価だから、美しいから、出来栄えがいいから、という理由よりも、むしろ、大事な人が作ってくれたものだから、長く一緒にいるから、自分や自分の大事な人の匂いが染みついているから、そんな理由でモノに執着するのだ。

そう、正人は――。

それがわかっているからこそ、マフラーを土に埋めたのだった。

「………」

作業が終わってからも、凜は無言だった。

責め立てるような静けさに満ちた中庭から逃げるようにして去ると、二人はそこがどこかもわからない廃墟の廊下の端に、膝を抱え、並んで座っていた。

廊下は、相変わらず真っ暗だ。

頼りになるのは、足元に置いた二つの懐中電灯だけ。

付けっ放しにしているせいで、電池はいつなくなってもおかしくない。もし電池が切れれば、いよいよ二人の周囲は、漆黒の闇に包まれるだろう。

だが、幸いなことに、時刻は午前四時になろうとしていた。

つまり、夜が明ける。

もう少し。そう、もう少しだ。

あと少しで、終わる——きっと——。

「……正当防衛、だよね」

ややあってから正人は、喉から絞り出すような声で言った。

こんなとき、彼女に掛ける言葉は、これしか思いつかなかった。

だが、凛は——。

「………」

何も、答えない。

その沈黙に、正人は言葉を継いだ。

「僕らのせいじゃない。それは、僕ら自身が一番よくわかってること……だよね」

「……うん」

溜息混じりに、ようやく凛が頷く。

「うん。そう……そう、だよね」

これって、正当防衛だよね——呟くように言う凛の声色は、正人が思っていたよりも、しっかりとしていた。

凛はもう一度、ハァ、と大きな溜息を吐くと、ようやく顔を上げた。

瞼が腫れ、目が赤い。

だが——もう涙は流していない。

心を切り替えたのだろうか。ケホ、ケホ、と小さく咳払いをしてから、気を取り直したように、凛は言った。

「ねえ……正人くん」

「なんだい」

「麻耶ちゃん、舌を切り取られていたよね」

「あ、ああ……そうだね」

あのおぞましい赤紫色の、べちゃりとした舌を思い出し、正人は無意識に顔を歪めた。

だが凛は、冷静に続けた。

「そして、浩司くんは、その……頭を、やられた」

「そうだね。頭部の損傷、だね」

殺した、という表現をできるだけ使わずに、二人は頷き合う。

そして凛は、神妙な面持ちで言った。

「これって……やっぱり、卒塔婆どおり、なんだよね」

「……そうだね」

卒塔婆どおり。

その言葉の意味することは、まさしく、卒塔婆の句の見立てどおりに事が運んでいる、ということだ。すなわち——。

——メヲツブシ　ワタエグリダシ　クビヲキレ
シタキリ　アタマワリ　ツチノシタ——。

「……『舌切り　頭割り　土の下』……そのとおりに、なってるよね」

「……うん」

「…………」

「…………」

不意に、無言になる。

それは、不安に慄いているようでいて、その実、お互いの腹を探るような長い数秒——。

目は決して合わせないまま、凜が、ふと思い出したように言った。

「土の下って、どういうことなんだろうね？」

「どういうこと……なんだろうね」

「それがぼくたちの運命、ってことなのかな」

「運命……かもしれないね」

鸚鵡《おうむ》返しのように、正人は言葉を返す。

無意識に、身体を動かしたからか、二人の距離が、微妙に広がっている。

気づけば、ビリビリとした緊張感が、凜との間に漂っていた。

言葉、行動、そして緊張感——このことの示す意味は、明らかだった。

「……どうして、逃げないの？」

凜が、言った。

ジョークを飛ばすような、茶化すような、軽い口調だ。

ドキリとしつつ、正人も言う。

「そっちこそ。どうして？」

正人の口元に、凜と同じような笑みが浮かぶ。

距離を置き、それでも微笑みを交わす二人。

そう——。

明白なのだ。

もはや、どう足掻《あが》いたって、どう好意的に解釈しようと試みたって、嫌でも理解されるのだ。状況は「二者択一」なのだということを。すなわち――。

もしも正人が犯人ならば、凜は犯人ではない。

もしも凜が犯人ならば、正人は犯人ではない。

どちらかがこの惨劇の犯人なのだ。

そして――。

当事者である正人には、そのどちらかはあまりにも明白に過ぎた。

今にも、逃げ出そうかと、腰が浮く。

二人はいつしか、いつでも動き出せるように腰を浮かし、同じような体勢でお互いを見つめていた。

まさしく、一触即発。

殺るか、殺られるか。

だが――。

「……どうして、逃げないの？」

凜が、言った。

「……君こそ」

正人も、答える。

凜の顔には、妙に冷たい微笑みが浮かんでいる。

きっと、自分の頬にも、同じ翳《かげ》りが下りているのだろう。そう思う正人に、凜は、静かに言った。

「今さら、逃げられようもないものね」

「……そうだね」

正人は、一拍を置いて、言った。

「僕は、犯人じゃない」

「……知ってる」

「じゃあ、なんで？」

「それは……知ってるから」

「……何を？」

何を、凜は知っているのか。

ごくり、と無意識に唾を飲み込む正人に、凜は、不気味なほど静かな声色で、言った。

「犯人は、麻耶だってことを」

*

麻耶が——犯人？

正人は、意外な言葉に思わず目を瞬く。

だが凜は、浮かせていた腰を、再び湿った土に下ろすと、ふっと目を逸らせた。

「そう。だから犯人は正人くんじゃない。それはわかってる」

「……えっ、ええと」

「変に聞こえる？　犠牲者の中に犯人がいるなんて。そうだよね、確かに変かもしれない。でも、それでもぼくはそう思うんだ。だって、そう考えないと腑に落ちないから」

「…………」

継ぐべき言葉を、失う。

だが他面、ほっ——と胸を撫で下ろすと、正人もその場に尻を落とす。

凜は、正人が想像もしない何かを言おうとしている。

耳を傾ける正人に、凜は、ゆっくりと言葉を継いだ。

「麻耶ちゃんが犯人なんじゃないか。そうぼくが怪しんだきっかけは、麻耶ちゃんがブラウスの袖を捲っていたはずなのに、いつの間にか止めていたからなんだ。正人くんは記憶にある？　麻耶ちゃんははじめ、袖を捲ってた。その袖口が、いつの間にか止められていたの」

正人は、思い出す。

太一が目玉を刳り抜かれ、殺される直前に、姿を消したとき。

麻耶は確かに、赤いブラウスの長袖が、手首のところで、銀色のボタンによって留められていたことを。

「この廃墟って、とても蒸し暑いよね。腕を捲るのは当然だけど、それをなんで元に戻したんだろう？」

「それが訝しい、だから怪しい。うーん、確かにそうかもだけど……」

正人はしかし、低く唸りながら反論を試みる。

「でも、それって心理的な寒気を感じたから、ってことじゃないのかな」

「確かに、薄気味悪いと、そういう防衛本能が働くものだよね。うん。確かにぼくも最初はそうじゃないかと思った。でもね、正人くん。ぼく、ちらりと見ちゃったんだ」

「見たって、何を?」

「麻耶ちゃんの、袖の内側」

声を潜めるようにして、凜は言った。

「袖口の隙間から見えたんだ。あの子の手首には、大きな傷があったんだ」

「……傷?」

「うん。引っかき傷っていうのかな。筋状の傷ができてて、血が滲んでた。麻耶ちゃんはきっと、その傷を隠すために袖を元に戻したんだよ」

「………」

沈黙する正人に、凜はなおも続ける。

「だとすると、じゃあなぜ傷ができたのか、ってことになるよね? 転んだってそんな傷はできないし、きっとそれは、誰かと揉《も》み合ってできたものだと思う。その誰かは、もちろん太一くん。彼と揉み合いになって……いや、正確には彼を殺そうとしたときに、反撃を受けて、そんな傷ができたんだよ」

「……マジか」

「そう、マジだよ!」

呆然としたように呟く正人に、凜は力強い口調で言う。

「そう考えれば、あの子が濃赤のブラウスや、黒のジーンズを着ていた理由もわかるよ。あれだけ色が濃い服装なら、返り血を浴びてもわからないもの。そうだよ……麻耶ちゃん、ものすごく周到に、この合宿に向けて用意してたんだよ。そうに違いない」

「ちょ、ちょっと待てよ凛！」

ひとり、納得したように頷く凛に、慌てて正人は言った。

「麻耶が犯人だって？　何言ってんだよ、彼女だって殺されたじゃんか。凛だってさっき見ただろう？　麻耶がホルマリンに浮かんでるのを。彼女の……あの……その……舌だって、切られていた。麻耶だって、被害者じゃんか！」

あの凄惨そのものの光景を思い出しながら、正人は頭を強く左右に振った。

だが凛は、声を裏返らせる正人とは対照的に、やけに冷静な口調で続けた。

「あれ、たぶんフェイクだよ」

「……フェ、フェイク？」

「うん。あれ、麻耶ちゃんの死体じゃない」

「あ、えと、その……」

澄ましたままの凛に、しどろもどろな話し方で正人は続ける。

「じゃ、じゃあ、あれは人形か何か？」

「ううん。それは麻耶ちゃんに間違いない」

「でも、フェイクだって……え、ええと……よくわからないぞ。どういうことなんだ？」

「フェイクなのは、ホルマリンだよ」

首を傾げる正人に、凜は、淡々と言った。

「あの槽に溜められてたのはホルマリンじゃない。ただの水だよ」

「水？　でもあの臭いは？」

「部屋の隅にホルマリン入りのバケツでも置いておけば、臭いは出るよ。ぼくたちが勝手に、槽にホルマリンが満たされているって勘違いしただけ」

「じゃあ、麻耶は……」

「うん。生きてる」

凜は、大きく頷いた。

「実際、仰向けに浮かんでたでしょ？　そうでないと呼吸できないから。あの子、ただ死んだふりしてただけだよ」

「ええと、そしたらあの舌は……」

「それこそフェイクだよ。正人くん、牛タンと人間の舌の区別つく？」

「あー、それは……」

「確かに麻耶ちゃんの口の中に舌は見えなかった。けれど、口の奥に引っ込ませてただけかもしれない。だとしたら彼女は、まだ生きていることになる」

「………」

正人は、返事に閊《つか》えた。

凜の言うことは、確かに理には適《かな》っている。

だが、ならば今、正人が何と答えるべきか、すぐに正解が見つからないのだ。

そんな困惑の沈黙に、凜は「うん、そうだよね」とひとりで何かを納得したように頷く。

「いきなりこんなことを言われたって、正人くんにはピンとこないかもしれないよね。だって、仮に麻耶ちゃんが犯人だとして、それが理屈には合っているとしたって、じゃあなぜ麻耶ちゃんがそんなことをしたのか、動機がわからなければ、イエスともノーとも答えられないもんね」

「うん。確かに……」

「でも、これって、正人くんにはわからなくて当然だと思う。だって……麻耶ちゃんには、正人くんには言っていない秘密があるから」

「……秘密？」

　正人は、眉を顰めて凜を見た。

「初めて聞くよ。彼女に秘密があるって……それって、聞いていいこと？」

「だめだと思う。でも、麻耶ちゃんがああなってしまったら、動機をわかってもらうためにも、ぼくは正人くんに伝えなきゃならない」

　凜は、ほっと小さく溜息を吐くと、居住まいを正して言った。

「麻耶ちゃんはね、小さいころ、親戚のお兄さんに暴力を受けたことがあるの」

「暴力？」

「うん。しかも、その、性的な……」

「あ……」

　言いにくそうに、その語尾を濁しつつ、凜は続けた。

「それから麻耶ちゃんは、ずっと心に傷を負っている。その傷は、麻耶ちゃんの男性恐怖症という形で表れている」

「そうなのか？　全然気づかなかった……」

　呆気《あっけ》に取られたように、正人は口をぽかんと開く。

「それだけ、麻耶ちゃんは努力していたってことだよ。それに、彼女には救いもあったからね」

「救い？」

「うん。彼女はあの子に救われて、普通の大学生活を送れるようになったんだ。つまり……麻耶ちゃんはね、大学生になって、詩織ちゃんと付き合うようになって、やっと、男性恐怖症の呪縛から解き放たれたんだ」

＊

「詩織と……付き合う？」

半ば棒読みで呟く正人に、凛が「うん」と頷く。

「なんというか、単に友達付き合いするって意味じゃないよ。その……」

「まさか……恋人？」

「その、まさか」

「……驚いた」

正人は、灰色の天井を仰いだ。

「麻耶は、詩織とそういう関係にあったんだ……」

「変に思う？」

「……いいや」

正人は、大きく首を横に振った。

「そういう関係も、今は普通にあると思う。うん……もしかしたら普通じゃないのかもしれないけれど、それって、勝手に誰かが作った常識から見て、ってことだしね」

人間はいつも、決められた範囲で何かを愛するわけじゃない。

時として、その常識を大きく飛び越えて、おおらかに誰かを愛して、あるいは、何かに愛着することだって、ある。

けれど――だからこそそれは、何かのきっかけで執着にも変わる。

「……それで、理解できた」

正人は、呟くように言った。

「麻耶はだから、皆を殺しているんだね。最愛の恋人だった詩織の仇を討つために」

「……うん」

正人の言葉に、凜は、神妙に頷いた。

「麻耶ちゃんの言葉、覚えてる？　『あの子がどれだけ苦しんだか。わたしはあの子に救われたはずなのに、わたしはあの子を全然救えなかった。それを思うと、本当に申し訳ないって、心から思う』……麻耶ちゃんは、詩織ちゃんを本当に愛してたんだね。でも、だからこそ、その愛情の行く先がなくなったとき、それは憎しみに変わった」

「………」

麻耶はかつて、大きな傷を心に負った。

その傷を埋めたのは、詩織だった。

けれどその詩織がいなくなったとき、残された傷は、なお深く大きいものとなって、麻耶に襲い掛かったのだ。

それこそ、復讐の名の下に、友人を殺すことさえ厭《いと》わないほどに――。

――しばし、正人と凜は、沈黙する。

まるで黙禱《もくとう》するように、じっと目を閉じる。

けれど、その誰か、あるいは何かに対する祈りが終わった――。

そっと、正人は目を開けた。

凛も、ほぼ同時に、長い睫毛《まつげ》の瞼を開いた。

正人は――。

凛の瞳を見つめながら、言った。

「中庭に、戻ろう。きっとあそこに、何かの鍵がある」

正人の言葉に、凛は――。

「……うん」

ややあってから、小さく凛が頷いた。

不意に懐中電灯の電球が、チリチリと、最後の力を振り絞るように瞬いた。

*

夜明け前。

中庭は、シンと静まり返っている。

蒸し暑さも、ようやく落ち着いてきた。あと一時間もすればまた朝日が差し込み、噎せ返るような熱気が籠るのだろうが、それでも、この一瞬だけは、やけに心地のよい空気で満たされている。

すべてが、先刻のままだった。

目の前には、土饅頭がある。

数は——五つだ。

ひとつは最初からあったもの、ひとつは太一を埋めたもの、ひとつは悠也のキャップを埋めたもの、ひとつは亜以子を埋めたもの、そして、浩司を埋めたもの。血の付いた卒塔婆も、打ち捨てられ、転がっている。

死体も、いくつも見えた。

太一の眼球は依然として、ぼんやりと中空を睨んでいる。悠也の撒き散らされた内臓は、徐々に腐敗臭を強めている。亜以子の生首も、まるでマネキン人形のような現実感のなさとともに、相変わらず鎮座している。土饅頭の下には、頭を割られた浩司の死体も埋まっているはずだ。

静謐な中庭に、しかしすべてが異様なまま、それでいて妙な統一感と、表現はおかしいかもしれないが、目的を達した後に生ずる一種の「美」のようなものを持ちながら、その場所を鮮血とともに彩っていた。

「あれ……？」

凜が、夜空を見上げて、何かに気づいた。

「なんだか……明るい」

正人も、つられるようにして天を仰ぐ。

そして、気づく。

円形に切り取られた空の片隅に、何かが白く輝いている。

薄く削り出された鋭利な刃物か、切り落とされた爪か、あるいは天に忽然と彫刻刀で穿《うが》たれた穴を思わせる、何か。

「……月だ」

凜が、目を細めた。

「あれは……三日月?」

「違う。明け方の月だから、二十七日か、二十八日の月だ」

正人は、ぼんやりとそのCの字に浮かぶ月を眺めながら、呟くように言った。

幻想的、だった。

明け方の朧《おぼろ》な空気の中に、浮かび上がる月。

一億五千万キロの距離を隔てて届く光が、今、正人を祝福するように照らしている。

美しく、荘厳で、そして――不気味な、月。

「どうしたの、正人くん」

「…………」

言葉が、出ない。

凜が心配そうに正人を見ている――気がする。

けれど、何も言うことができない。

からからに乾いた喉が、痛みとともに貼り付いている。

「……正人くん？」

「……っちに」

「えっ？　何？」

正人は――。

月に向かって、天に向かって手を伸ばしながら、言った。

「もっと、こっちに」

「…………」

凜が、正人の傍に近づく。

声も出さず、足音もなく、そっと、猫が歩くように、正人の背後に忍び寄る。

気配が、近づく。

かろうじて、彼女の吐息だけが、聞こえる。

正人は――。

しかし、凜に構うことはないまま、まるで月に操られたように、大きく背伸びをして、そして――。

月を、摑んだ。

次の瞬間――。

月が、消えた。

*

ドドドッ。

轟音《ごうおん》が響く。

刹那、視界が闇に埋まる。

その瞬間、すぐに理解する。

今まさに、頭上から何かが降ってきたのだということを。

誰もいないはずの中庭で。

薄い月が輝いていた空から。
唐突に、無慈悲な塊が視界を塞ぎ、二人を隠したのだ。
それは――。
「土」だった。
噎せるほどの湿り気と、埃と、無機物と、そして死の臭いの中。
妙に湿った溜息を吐きながら、正人は最後に、静かに目を閉じると――。
思った。
これが――。
土の下。
ツチノシタ。
すなわち――。
「……『土葬』だ」

＊

土埃が、ゆっくりと沈んでいく。

砂煙が、視界を明らかにする。
静寂が、月とともに中庭を支配する。
そして――。
すべては、終わった。
すべては、埋葬された。
すべては、愛するものとともに、土に還《かえ》ったのだ。
――すべてが。
そう、これで、すべてが――。

6

ボクがしーちゃんと初めて会ったのは、まだ小学生に上がる前のことだ。

正直に言って、そのときのことをあまりよくは覚えていない。

場所は、確か、当時住んでいた町のスーパーマーケットだったと思う。

その一角に、ゲームセンターがあった。ゲームセンターといっても、繁華街にあるような薄暗い場所じゃなくって、エアホッケーや、子供向けの乗り物や、あとはクレーンゲームが何台かあるだけの、小さいものだった。

お母さんの買い物を待つために、ひとりでいたボクは、そこでしーちゃんと出会った。

そしてボクは、彼女のことを一目で好きになったのだ。

それが、ボクたちの出会いだった。

それからというもの、ボクたちはずっと一緒にいた。

片時も離れず、と言ってもいいと思う。さすがに大きくなるにつれて、周囲に奇異の目で見られることも多くなったから、大っぴらに一緒にはいられなくなったけれども、それでも、ボクたちが離れることはなかった。

もちろんボクは、いつかボクが変わることもあるのかもしれない、と思っていた。ボクからしーちゃんと離れて、ひとりになることもあるのかもしれない。そんなふうに思うこともよくあった。もしかすると、しーちゃんは可哀想《かわいそう》だけれど、そうしたほうがいいのかもしれない、とさえ思ったこともある。

けれど、それはできなかった。

ボクは、しーちゃんから離れることはできなかった。

きっと――しーちゃんもそうだったのだろうと思う。彼女の円《つぶ》らな黒い瞳はいつでも、ボクのことだけを映し続けていたのだから。

だから、どこかでボクは、しーちゃんとの絆《きずな》は永遠のものになる、そうなるはずだ、そうでなければならない、とさえ思うようになっていた。

たとえそれが、禁断のものであったとしても。

たとえそれが、穴に入りたくなるほどの恥ずかしさを伴うものであったとしても。

それでも、ボクたちはいつまでも、一緒にいる。

少なくともボクから、しーちゃんを捨てることはない。

ボクはたったひとりの友達であるしーちゃんと死ぬまで一緒にいる。

そして永遠に、ボクたちは愛し合う。

――そんなふうに、信じて疑わなかったのだ。

そう――あの日が来るまでは。

あの日――。

――去年の合宿。

ボクは、間違えてしまったのだ。

しーちゃんを連れてくるべきではなかったのだ。そもそもそうなることがわかっていたら、ボクは決してしーちゃんを合宿に連れてきたりはしなかっただろう。でも、ボクにはわからなかった。連れてきてしまったから、彼女はあんなことになってしまった。

そう――彼女は泥に塗れた。

吐瀉物に塗れた。

しーちゃんは、酷く汚されて、そして――。

永遠の命を、失ったのだ。

思い出したくもない。
思い出したくもない。
思い出したくもない――けれど、思い出してしまう。彼女の、あの悲し気な顔を。
ボクは、心から後悔した。
後悔して、そして、悟った。
もう二度と元には戻れないのだということを。
ボクはもう二度と、あの可愛らしいしーちゃんには会えないのだということを。
だから、ボクは――。
大事なものを、土に埋めたのだ。
しーちゃんと同じ目に遭わせるために。
しーちゃんをあんな目に遭わせた、憎い奴らを。
ボクたちの永遠を引き裂いた奴ら六人を、同じ目に遭わせたのだ。
この場所で。
この廃墟で。
この夜に――。
――そして。

すべては、終わった。
すべては、埋葬された。
すべては、愛着するものとともに、土に還ったのだ。
――すべてが。
そう、これで、すべてが――。
だから、ボクは――。
記憶の中にいるしーちゃんに問い掛けた。
「しーちゃん……これで、よかったんだよね？」
けれど、しーちゃんは――。
「…………」
何も言わずに、あの黒い円らな瞳で、ボクを見つめるだけだった。
いつものように――。
いつまでも――。

＊

川又《かわまた》がその現場に到着したのは、午前七時ごろだった。

夜中の内に、六人が惨殺された、早く来てほしい――全体として長閑《のどか》で、あるとしても鹿が出たとか熊が出たとかといった話ばかり、まず凶悪事件とは無縁のK署は、朝六時過ぎに入ったその寝耳に水の一報で、俄《にわ》かに騒然となった。

仮眠室で浅い眠りの中にいた刑事課係長の川又も、一瞬で叩き起こされ、即座に自宅で起きたばかりの署長から、携帯電話で現場指揮をするよう命じられたのだった。

現場は山奥だという。

パトカーは深い森の中を掻き分けるようにして、獣道のような山道を進んでいく。

この先に、何かがあるような気配は何もない。

「……本当に、現場なんかあるのかよ？」

川又は、運転手の巡査に尋ねた。

パトカーのカーナビは、さっきから何の目印もない森の中を進んでいる。

六人が殺害された場所は「病院」だそうだが、見る限りそれらしい建物も、そこに通ずる道も、地図上には表示されていない。

目を眇《すが》めた川又に、ハンドルを握りながら、巡査は「あるはずです」と頷いた。

「通報住所は正しいはずです。現場は間違いなくこの先かと」

「そうなのか？」

訝し気に問い返す。

だが川又は、別に巡査を疑っているわけではなかった。

むしろ、こう考えていた——この先には、確かに現場があるのだろう。だが、通報どおりに六人が死んでいるとは限らない。

世の中には愉快犯と呼ばれるお騒がせな者が少なからず存在している。あるはずのない犯罪を通報し、それによって俺たちがこうして山奥に血相変えて飛んでいくのを、ニヤニヤと薄ら笑いを浮かべながら見つめている野郎がどこかにいるのかもしれず、その可能性が極めて高い。

もちろん、だとすれば嫌疑はその瞬間に「複数殺人容疑」から「偽計業務妨害容疑」に切り替わり、今度は町のどこかにいる通報者を血眼で追うことになるだろう。

まあ、そうなるだろうなあ。

川又は、未だ眠気の冷めない身体で溜息を吐いた。だが——。

ふと、気掛かりに思う。

もし——もしも、だ。この通報が真実だとすれば——?

「どうしたんですか、川又警部補」

「……なんでもねえよ」

口をへの字に曲げながら、川又はわざとぞんざいに、助手席に凭れた。

——俺がこんな風に気掛かりを覚えるときには、正直、ロクなことがない。

こう見えて意外と、直感が働く性質なのだ。

だから今回も案外、厄介な事件が待っているのかもしれない——。

車は、なおも朝のまだ薄暗い森の中を、どこへとも知れずに突き進んでいた。

そして——。

三十分後。

川又は、その直感がまた図星を突いたことを、知った。

＊

「……君が、通報したんだな」

「はい。ボクが通報しました」

わざと威圧的に問うた川又に、白いTシャツとジーンズの通報者は、こくりと頷いた。

表情に、恐れのようなものは見えない。むしろ無表情で、すべてを悟ったような達観した趣がある。そんな顔つきの理由が、あの凄惨な現場に直面したことの反動で心を閉ざしているからなのか、それとも別の何かの事情があるからなのかは、まだわからない。

それにしても――。

凄惨な現場。自ら発したその言葉に、川又はつい先刻見たものを思い出す。

今、背後に建つ巨大な廃墟は、かつて精神病院であったものの跡だという。

そんなものが存在しているとは、率直に言って川又は知らなかった。だが過去、精神を患った者がどんな扱いを受けてきたかは知っている。その歴史に鑑みれば、まさしく「隔離」の一環として、人里離れたこの山奥に牢獄《ろうごく》のような施設を作ったのだとわかる。

とはいえ、時代が昭和から平成に移り、彼らの人権が重視されるに至ると、この建物もその役目を終え、解体もそこそこに打ち捨てられることになったのだ。

だが問題は、廃墟ではない。

廃墟の最奥、中庭にあったものだ。

「ウエェ……」

どこかで、誰かがえずく声がする。

まだ若手の巡査だろうか。あまりの刺激に耐えられなくなったのだ。きっとしばらくメシは食えないだろう。何しろあの死体《ホトケ》はきつすぎる。どれを取ってもまともとは言い難かったし、中には目玉や内臓を弄ばれているもの、斬首されているものもあった。

そこそこ慣れているはずの川又でさえ、思い出すと胃液が込み上げてくる。

そんな不快感を堪えつつ、川又は静かに通報者に問う。

「あれらは全部、君の友達か」

「そうです。ボクの友人です」

「死体は……友人は計六人。間違いないか？」

「はい」

通報者は、小さく頷く。

廃墟の前に、大きめの石を椅子代わりにして、川又と通報者は向かい合って座っている。

今回の事件に直面し、ただひとり生き残ったという通報者。少なくとも、あの六人がなぜ犠牲になったのか、その経緯を知っていることは間違いない。

通報者の挙動、瞬きや頬の筋肉の動きに目を凝らしながら、川又は続ける。

「君たちがここに来るまでの経緯を説明してくれるか」

「はい……」

通報者は、訥々と、だが淀みのないしっかりとした口調で、説明をした。

――ボクたち七人は、大学の「探検部」というサークルの部員である。

――今回、少し離れたキャンプ場を宿にしていたが、ちょっとした肝試しのつもりで、ここまで車で来た。

――そして、この事件に遭遇した。

でも――肝試しはきっと、最初から犯人が仕掛けた罠《わな》だったのだと思う。

「犯人？　君は、それが誰か、知っているのか」

「はい」

通報者は、大きく頷く。

その自信ある態度に、だからこそ不審を抱く。だが、川又は――。

「……聞いていけば、それが誰かがわかるってことか。わかった。とりあえず続けてくれ」

通報者に、先を促した。

通報者は、廃墟に入ってからの出来事について説明を続ける。

――中庭に、土饅頭があり、卒塔婆が立っていた。

――その卒塔婆には、昨年亡くなった部員の名前が書かれていて、それを見た亜以子が、走って逃げだした。

――彼女を追い掛けていることに夢中になって、ボクたちはバラバラにはぐれてしまっていた。

――そして、きっとそのとき、犯人によって太一が犠牲になったのだろう。

「栄太一。それは、眼球を刳り抜かれていた男に間違いないか」

「はい。中庭に戻ったときに、彼の死体を見つけたんです」

「なるほど……続けてくれ」

——それを見て、ショックを受けたのか、麻耶がどこかに姿を消した。

——慌てて皆で追い掛けるが、またバラバラにはぐれてしまった。

——合流したときには、悠也がいなくなっていた。

「西代悠也だな。あの……腹を切り裂かれて、内臓をぶちまけられていた」

「そうです」

「ありゃあ、酷い死体だった。俺もこの仕事は長いが、あんなのは初めてだ。君も、かなり衝撃を受けたんじゃないか」

「はい」

衝撃を受けたと言いながら、顔つきはあまり変わらない。

じっと、その目を見つめる川又に、通報者は、なおも静かに続けた。

——そのとき、ボクたちは卒塔婆の句に見立てられて殺人が起こっていると気付いた。

——自制心を失った亜以子が、また姿を消した。

——ボクたちはすぐ、二人ずつ二組にわかれて彼女を追った。でもきっと、別の組にいた犯人が、隙を見て犯行に及んだのだと思う。

——中庭に戻ったとき、彼女は、首だけになって見つかった。

「小林亜以子か。そして君たちは、卒塔婆の句に自分たちの運命が完全に見立てられていることを確信したんだな」

「はい」

「だから、それはさらに続くと思ったのか。下の句に続くから」

「…………」

不意に、通報者が沈黙する。

その不自然さを訝りつつも、川又は「……続けて」と促した。

——それから、何とかして廃墟から脱出しようと、皆で、出口を探した。

——けれど、みつからなかった。

——その代わり、浩司が突然、逃げ出した。彼を追い掛けて、ボクたちはまた散り散りになってしまった。

——ようやく合流できたのは、三人だけだった。

「……誰かひとり、見つからなかったんだな」

「はい」

「もしかしてそいつが、犯人なのか」

「……そうです」

通報者は、そこから先は一気に話をした。

――犯人は、そのときからボクたちに対する敵意を隠さなくなった。しばらくボクたちは中庭で怯えていたのだが、犯人はこっそりボクたちに近づくと、不意を打つように襲い掛かった。その手には卒塔婆が握られていて、浩司はそれで頭を殴られた。

「確かに、鷹取浩司の死体は、頭蓋骨が陥没していたな」

「はい」

「卒塔婆なんざ薄い木板だ。そんなもので人が殴り殺せるものかとは思ったが、鑑識によればあの卒塔婆には鉄板が挟み込んであったそうだよ」

「そうだったんですね」

「それだけ犯人は周到に用意していたってことだな。それから？」

川又の促しに、通報者は「はい」と素直に頷いた。

「それから、ボクたちは犯人から逃げました。ひとり、犯人の罠に掛かり、中庭で生き埋めになりました。残るはボクだけです。ボクはなおも必死で逃げました。どのくらい時間が経ったのか、もうボクにはわかりませんでした。でも、本当に幸運だと思うのですが……朝になったんです」

通報者が、今は明るい空を見上げる。

「そして犯人は、それでもうタイムリミットだと感じたのでしょう、自ら、死を選んだんです。自ら舌を切り取ると、ホルマリンプールに飛び込んだんです」

「地下の霊安室か。それが……青木麻耶か」

「はい」

通報者は、首を動かすことなく、じっと川又を瞳孔の開いた目で見つめた。

「きっと彼女は、そうなることを初めから予期していたんです。だから、いつでも死ねるように、ホルマリンを満たしたプールを用意していたのだと思います」

「朝が来たら、全員殺していなくとも自殺する。青木麻耶はこの凶行に当たって、初めからそう決めていたということか」

「だと、思います」

「お陰で、幸運にも君ひとりだけが生き残った。日の出に助けられたわけだ」

「そうなります」

「なるほど……」

川又は、ふむ、と小さく唸ると、わざと思わせぶりな一拍を置いて、疑問を投げた。

「だが、そもそも青木麻耶はなぜそんなことをしたんだ？　相当恨んでいなければ、ここまで凶悪なことはしないはずだ。それに見合うだけの動機はあったのか？」

「はい」

通報者は、まるでこの質問が来るだろうことを予期していたがごとくに、すらすらと言葉を連ねた。

「彼女は、去年亡くなった女の子と恋愛関係にあったんです」

「恋愛？　女の子同士でか？」

「はい。卒塔婆の表に、名前が書いてありませんでしたか？　あの子と恋仲だったんです。正確には、恋仲というより依存関係だったのかもしれませんが……とにかく、彼女にとって、あの子は掛け替えのない存在だった。けれど……去年、あの子は亡くなってしまったんです。この合宿で」

「誰かに殺されたのか？」

「いえ。でも……皆であの子を……しーちゃんを……殺したようなものです」

「しーちゃん。生瀬詩織か」

短時間で、裏は取れていた。彼らと同じ大学の学生である生瀬詩織は、確かに去年、ここで亡くなっているのだ。もっとも記録では、それはあくまで持病の発作によるものであり、誰かの故意によるものではない、となっている。とはいえ、その発作が起きた原因が、合宿に同行したメンバーにあったとするならば――そして、青木麻耶がそう認識したならば、確かに、殺意の源泉にはなり得るだろう。

「………」

不意に、通報者が無言になった。

何か、この沈黙には真実が隠れているような気がしつつも、明確に言語化ができないまま、川又は続けた。

「ともあれ、だ。青木麻耶は生瀬詩織の死の仇を討つために、こんなバカげた殺人劇を計画した、って言うことになるのか」

「そうなります。これは、彼女の復讐なんです。卒塔婆の句に見立てたり、ひとりずつ残酷に殺したりして、ボクたちに酷い恐怖を味わわせたのも、すべては復讐のためなんです。少なくともボクは……そう思っています」

「なるほど……」

再び、川又は長い沈黙を置く。

じっと、通報者を見つめる。

たったひとりの生き残り。かつ、あくまでも真摯な対応を続ける通報者に、川又は、最後にひとつ、問いを投げた。

「君の名前を、もう一度、聞いていいか?」

「……………」

逡巡、ではない、何か別の意味ありげな数秒。

鼓動を耳奥に感じられるほどの沈黙を経て、通報者は、驚くほど明瞭な声色で答えた。

「ボクは、大池正人といいます」

＊

任意同行、という形で、川又は昼過ぎに、大池正人をK署までパトカーに乗せて連れてきた。

大池正人は、表情を変えず、特に抵抗もせずに警察署まで来ると、取調室で、まず「汗を掻き過ぎて、喉がカラカラなんです」と、一杯の水を要求した。

川又が持ってきたペットボトルの水を、大池正人は五百ミリリットル分、一気に喉奥に流し込むと、そこでようやく、本来の彼らしいほっとしたような笑みを見せた。

そこで改めて、川又はスチールのデスクを挟んで目の前に座る大池正人の顔と身体つきを、まじまじと見る。

年齢は、二十歳。

大学生。まだ社会には出ていない。

少年期から青年期へと、ちょうど成長過程にある大池正人の印象は、だからかはわからないが、まるで子供のようであったり、それでいてやたらと大人びていたりと、一貫性がない。

それでも、身長が一九〇センチ近くあるという彼とこうして対面すると、大池正人の顔を若干見上げる格好になる。全体としては華奢に見えるが、露出する腕は筋肉質で、いかにもスポーツマンらしい。

ふむ――。

川又は、無意識に小さく顎を引く。

それから、手元にある書類に目を通す。

それは、この僅か数時間で彼の優秀な部下たちが掻き集めた捜査の記録だ。断片的ではあっても、それらには重要な情報があった。特に、大池正人が証言していることが正しいのか、間違っているのかを示す事実が、多く含まれている。

だから——川又は、思う。

率直に言えば、確証はない。

証拠もないし、裏を返してみれば、これはあくまでも「勘」でしかない。

それでも俺は、問い掛けてみる必要がある。

眼前にいる、大池正人の心の内にあるものに、迫るために。

「……難儀だったな」

ぽつりと、呟くように切り出す。

それは、川又が聴取りをするときの常套句《じょうとうく》だった。まるで雑談のように話を始めることで、聴取りに対する壁をなくす。あるいは、そのときの挙動——例えば震える、引きつる、あるいは反応がない——で、聞き方の方針が決まるのだ。この点、大池正人は——。

ごく、自然体だった。

——なるほど。

これが、一番厄介だ。内心で眉を顰めつつ、川又は言葉を続ける。

「さっき言ったかどうかは忘れたが、俺には、あんなに酷い事件に関わった経験はない。その分、俺は何とかしてこの事件を解明したいと思っているんだ。だから君にも、わかることを正直に話してほしい。……いいな？」

「……はい」

神妙な表情で、大池正人が頷く。

その外見と内面が一致しているのか、いないのか。測りかねるまま、川又は言う。

「まず、君の話を総合する。君の考えでは、君たち七人の部活の一員だった青木麻耶が、あの精神病院に全員を誘い込み、あらかじめ仕込んでおいた種々の罠によって、君たちを恐怖に陥れ、そして殺していった。だが、夜が明けてしまい、君ひとりだけを殺し損ねたまま、青木麻耶は自ら死を選んだ……間違いないな？」

「はい。そのとおりです」

「なるほど」

川又は、書類に目線を落としながら、続ける。

「実は、君の考え方が正しいことを示す、幾つもの証拠が発見されている」

「そうなんですか？」

「ああ。例えば、直接的なものとしては、青木麻耶の腕には酷いひっかき傷があった。おそらく、誰かと揉み合う中でできたものだ。この点、栄太一の検視結果によれば、彼の指の爪には人間の皮膚と血液が挟まっていたらしい。まだＤＮＡ鑑定は終わっていないが、おそらくこれは、青木麻耶のものだろうな」

「…………」

「青木麻耶の衣服も、人知れず殺人をするのに適したものだった。赤いブラウス、そして黒いジーンズ。目玉を刳り抜いたり、腹を裂いて臓物を引きずり出したり、首を切断したりするなら、いくら気を付けていても多少は返り血を浴びるだろう。彼女の服装は、それを誤魔化すのにいかにも適切なものだ。実際に返り血があるかどうかは、ホルマリン漬けになった青木麻耶の衣服の鑑定を待つ必要があるがな」

「…………」

「それと、ホルマリンプールの横には、青木麻耶の舌と、舌を切り取るのに使ったと思しき果物ナイフ、それともうひとつ、同年代の女の子のスナップ写真が置いてあった。裏には『愛《いと》しい詩織』と書いてあった。あれが生瀬詩織だな？　おそらく女性の筆跡で未鑑定だが、まあ、あれも青木麻耶の直筆だろうな」

「…………」

「それ以外にも間接的な証拠がある。例えば卒塔婆に関してだ。青木麻耶らしき人物が、一週間ほど前に専門店で購入したという証言をその店の店員からすでに得ている。だいたい同じくらいの時期に、青木麻耶が山の麓のレンタカー屋で二十四時間ほどミニバンを借りた記録もあった。このミニバンのカーナビから、そのときに青木麻耶がどうやらあの廃病院まで行き来したらしいこともわかっている」

「………」

大池正人は、瞬《まばた》きもせずに川又の言葉をじっと聞いている。

表情は変わらない。あえて変えないというよりも、どこかしら心ここにあらずといった雰囲気だ。まるで気が抜けてしまったかのような大池正人を前に、川又は、書類を閉じると、デスクの片隅にパサッと投げ捨てるように置いた。

「と、まあ、状況証拠はかようにして、君の言葉を裏付けるわけだ」

「ボクの推理が、正しかったんですね」

「そういうことになるな」

「じゃあ、解放してくれますか」

「それは、まだできないな」

川又は、わざと険しい表情を作ると、首を横に振った。

ピクリと、大池正人が不服そうな皺を眉間に寄せる。

「なぜですか？」

「なぜと言われてもな。俺の尋問はまだ終わっていないんだ」

「でも、ボクの推理が正しいということは、これ以上ボクに聞くこともないということじゃないんですか」

「そうとは限らないぞ」

「……なぜ？」

声が高くなる。若干の敵意が、大池正人のそのトーンに滲んでいる。

川又は、だからこそ、そんな大池と反対に、あえて落ち着いた声色で答えた。

「率直に言って、俺は引っ掛かっている」

「引っ掛かっている？　何にですか」

「順序だよ」

「……順序？」

「そう。正確には、殺された順序だ」

小さく首を傾げた大池正人に、川又はゆっくりと、噛んで含めるように説明する。

「君の証言によれば、君の友人である六人は、次のような順序で死んでいった。まず栄太一。彼は目玉を刳り抜かれ殺された。次に西代悠也。腹を裂かれて内臓がぶちまけられた。三番目に小林亜以子。彼女は斬首だ。気の毒にな。そして鷹取浩司。頭を卒塔婆で割られた。それから箕谷凜。土に埋められて窒息死だ。そして最後に、主犯である青木麻耶が、自ら舌を切り取り、ホルマリン自殺した。……間違いはないな?」

「え、ええ。間違いないですが」

「なるほど。だとするとやっぱり引っ掛かるな」

首を傾げる川又に、苛立ったように大池正人は言った。

「だから、何が引っ掛かるんですか?」

「わからないか?」

川又は、ニヤリと笑った。

「この順序、卒塔婆の句と違わないか?」

「卒塔婆の……句と?」

ピクリ——。

大池正人の顔に、翳りが浮かぶ。

やはり——ここに、鍵がある。

確信する川又は、じっと大池が逸らせた目を見つめながら続けた。

「卒塔婆の句は、こうだ。『メヲツブシ　ワタエグリダシ　クビヲキレ　シタキリアタマワリ　ツチノシタ』……この句の見立てどおりに話が進んでいたのだとしたら、最後の三人は『まず舌を切られ』『次に頭を割られ』『最後に土の下に埋められる』ことになる。だが実際には、鷹取浩司が『頭を割られ』、箕谷凜が『土の下に埋められ』、最後に青木麻耶が『舌を切って』いる。順序が異なっているんだよ。この点、大池正人君……君は、どう考える？」

「…………」

大池正人が、黙り込んだ。

しばし、その沈黙をあえて継続させてから、おもむろに川又は言った。

「これは、何かの齟齬《そご》なのか？　単に君が間違えて理解しているのか？　それとも……もしやこれこそが何か『必要な誤りである』ということなのか？　……事実はわからないぞ。だがこの点にこそ、刑事である俺の引っ掛かりがある。だからこそ君を解放することができないということだ。……わかるな？」

「…………」

大池正人は、やはり、答えない。

だが、その沈黙の質は変わってきていた。

図星を突かれて、焦っている。そんな印象があった当初の沈黙から、やがて、こう変わっていた。つまり——川又自身の言葉のアラを探すために機を窺っている。そんなふうに。

ここからが、勝負か。

そう確信した川又は、僅かに身を乗り出すと、話をさらに先へと続ける。

「もちろん……これは、俺の直感がもたらす違和感でしかない。これが何かの明確な証拠になるというものでもない。六人の死体の本当の順番を証明しようとしても、それぞれの死亡時刻があまりにも近すぎて確定できないし、青木麻耶に至っては、ホルマリンにより死体が変質してしまっている。つまり、時系列を証明する方法がないわけだ」

「でしょうね。でも……それでも刑事さんは、訝っている」

大池正人はおそろしく冷たい印象の声色でそう言った。

それでも川又は、決してたじろぐことなく「ああ」と首を縦に振った。

「そのとおりだ。そして、訝る前提ならば、つまり……大池正人君、君に何か意図的に隠していることがあるとするならば、俺はまた別のストーリーをこの事件に対して当て嵌めることができる」

「別の……ストーリー……」

「そう。別の可能性と言ってもいいな」

「つまり？」

「わからないか？」

川又は、大池正人の目を真っ向から見据えながら言った。

「君がこの事件に加担していたんじゃないかと、俺は言っているんだ」

「ボクが、ですか？」

「ああ」

「面白い意見です。ですが、この事件を起こすことが、ボクひとりに可能だと思うのですか？」

「まあ、それは不可能だな」

「はあ……？」

大池正人が、不審げに眉を顰める。

「可能と言ったり、不可能と言ったり。刑事さんが言っていることの意味が、わからないのですが」

「そうか？　別におかしなことは言っていないぞ。俺は君ひとりにこの事件を起こすことは不可能だと言っている。だが……君が、この事件に加担をしていた可能性はある」

「……つまり？」

じっと、試すような視線を送る大池正人に、川又は、一拍を置いて言った。

「大池正人君。君は、青木麻耶と共謀して、この事件を起こしたんじゃないか？」

＊

「…………」

核心に触れる川又。

そんな川又に、ただ無言だけを返す大池正人。

饒舌になっていた彼が、突然静かになる。その事実に、仮定が真実であることの確信を深めながら、川又は、なおも淡々と言葉を紡いでいく。

「いいか、俺はこう考えている。つまり、君と青木麻耶が共犯であったという前提を置けば、事件に説明をつけられるのではないか」

「…………」

「もちろん、主たる計画者は青木麻耶だっただろう。事件を起こした直接の動機も、青木麻耶の復讐にあったと考えて然《しか》るべきだ。だが、事件そのものをすべて青木麻耶が行ったと考えるには無理がある。これだけの犯行をなすのに、ひとりでやれたとは到底思えないからだ。手助けをする存在がないことには、周到に事を進めることはできないだろう。そもそもひとりずつ殺していくには、まずその人間を他の集団から引き離す必要がある。それをひとりで行うのは難しいが、二人いれば、上手く集団を分離することができるだろう」

「つまり……麻耶のことを陰から支えていた。それが、ボクだというんですか」

「ああ。そういうことになる」

「…………」

「『なぜそう思うのか』……いかにもそう言いたげだな」

口角を上げると、川又は続ける。

「いいだろう。君に俺が気付いたことを三つ伝える。もしそれを聞いて、君が自分自身で何か告白したくなったら、遠慮なく言ってくれ」

「…………」

沈黙を「是」と捉えた川又は、言う。

「まずひとつ目は、やはりあの句の順序が君の証言と食い違うことだ。この点、俺はこう考える。『句の見立て』があるということは、犯人に、当初予定していた殺人順序があるということに他ならない。にもかかわらず『実際に行われた殺人』と異なっていたということは、犯人自身が、誰かに裏切られた、ということを示す。犯人はもちろん、最後まで生き残るつもりだっただろう。その犯人を裏切ることができるのは、そこからさらに生き残ることができた者だけ。すなわち……君だ」

「…………」

大池正人は、川又が突きつけた人差し指ごしに、川又を睨む。

川又は、なおも続ける。

「次に二つ目は、君の服装だ。君は、白いTシャツを着ているな。だが、俺が見る限りそのシャツはやけに綺麗だ。君が言うように一晩泥と埃まみれになって青木麻耶から逃げ回ったにしては、汗染みひとつないのが不審だ。思うに、もしかして君も本当は、青木麻耶と同じように色が濃く返り血が目立たない衣服を着ていたんじゃないか？ すべてが終わってから、君は自分が加害者である証拠が残る衣服を捨てると、代わりに、どこかに隠しておいたそのTシャツを着たんだ」

「…………」

「とはいえ、君が捨てた衣服があるかどうか……捜索はしているが、俺は見つからないと思っている。これだけの山林のどこかに埋められたら探しようがない。警察犬を動員しても、強烈な臭気を持つホルマリンで攪乱《かくらん》されたら、追跡不可能だ」

肩を竦めつつ、川又は続けた。

「最後に三つ目。それは、箕谷凜の土饅頭についてだ。あの中庭には、土饅頭がいくつもあった。そこには、栄太一や小林亜以子、そして箕谷凜が埋められていた。このうち栄太一と小林亜以子のものに関しては別におかしいことはない。例えば穴を掘っておいて、その上に板と、薄く土を被せておく。彼らを殺してからその穴に放り込み、適当に隙間を土で埋める。これで土饅頭は完成する。だが、箕谷凜については、この方法によることができない。なぜなら彼女の口の中には土があったからだ。箕谷凜は、生き埋めにされていたんだ」

「…………」

「もっとも、箕谷凜を土に埋める……言わば土葬する方法は、すでに解明されている。というのも、中庭から大きな紐《ひも》のついた板が見つかり、また中庭に向けて傾斜する屋根にも土が流れた跡が見つかった。つまり、あらかじめ屋根に土を大量に盛っておいて、それを板でせき止めておく。夜になればこの屋根の上の様子は暗闇でわからない。そして箕谷凜をこの板のちょうど下まで誘導した上で、紐を引く。大量の土が箕谷凜の頭上に落ちてきて、見事生き埋めが完成する、というわけだ。しかし……俺はここで妙なことに気づいた」

川又は、「妙な」のところに強いアクセントを置いて言った。

「例えば、大量の土を屋根の上に運ぶ作業についてだ。あれだけの土を中庭の屋根の上に運ぶのは、重機も搬入できないのだから、まず一日では終わらないだろう。一方青木麻耶は、下準備をするためにレンタカーを二十四時間しか借りていない。つまり、作業はそれとは別に行われていた、ということになる。どうせ作業するなら二人でやったほうが効率的なのに、なぜ、青木麻耶とは無関係にその作業が行われたのか？」

「…………」

「それだけじゃない。土を堰《せ》き止めていた板には、紐が付いているとさっき言ったが、その長さが意外に短くて、実際に板を屋根上にセットすると、紐の下端が二メートル五〇センチくらいの高さになるんだ。この紐を引けるのは、背が高く、またジャンプ力のある人間でないと不可能だと思われる。……そうだね？　大池正人君」

川又は、改めて大池正人の体格をまじまじと見た。

一九〇センチ近くはあるだろう、高い身長。

そして、川又はすでに調べを済ませていた。大池正人が高校時代に、走り高跳びの選手であったということを。

「……以上、三点。これが、俺の君に対する疑念だが、さて……」

川又は、じっと大池正人の目を見つめる。

そして、その開いた瞳孔に向かって、問い掛ける。

――さあ、どうだ？

これだけの事実に対し、君はどうする――？

このとき実は、川又は、賭けをしていた。

大池正人が、その内心を、すなわち真実を話すかどうか。

率直に言って、川又が指摘したことはどれも決定的な証拠だとは言えなかった。

どれも反駁《はんばく》可能な指摘であって、どれも核心に触れるものではないのだ。

その意味で、これが甘い「詰め」であることを、川又は自覚していたのだと言える。

だが、自覚していながら、それでも果敢に詰めたのは、なぜか。それは――。

それしか、方法がなかったからだ。

つまり、これが現状、川又にできる精いっぱいだったのだ。だから——。

「どうする？　大池正人君」

はったりめいた声色で、はったりめいた王手を、しかし努めて冷静に仕掛けた川又に、ややあってから、大池正人は——。

「……フッ」

小さく、不敵な笑みを口元に浮かべた。

その瞬間、川又は理解した。

俺は、賭けに負けたのだと。

顔色は変えず、しかし内心で歯噛みする川又に、大池正人は、そっと椅子の背に凭れると、腹の上に両手を置き、口角を上げたままで言った。

「それだけお調べになったのでしたら、きっと、ボクたちがどうやってあの廃病院に行くことになったのか、当然、亜以子のミニバンに載っているドライブレコーダーも、確認されているのですよね？」

「………………」

そうだ、それだ——。

それを突かれたら、俺には答える術がない。

小さな溜息を隠れて吐いた川又に、大池正人は、したり顔で言った。

「ボクたちはそもそも、別の場所にある慰霊碑に肝試しに行くはずでした。でも、そこには行けなかった。運転する亜以子が、道を間違えたからです。そこにボクや麻耶が関与できる余地はなかった。つまり、廃病院に辿り着いたのは偶然だということになります。刑事さんは、ボクと麻耶が共謀してあの廃墟にさまざまな仕掛けを用意し、そこで人殺しを行ったと言いますけれど、そもそもあの場所にどうやって皆を導いたのか、その説明なくして、刑事さんの仮説は成り立たないことになりますね」

「…………」

そのとおりだ――。

じっと、悔しさを奥歯で嚙み殺す川又に、大池正人はなおも続ける。

「百歩譲って、仮に何らかの方法でボクたちがあの場所に皆を導けたとしましょう。そして、ボクが麻耶を手伝って殺人を遂行したのだ、としましょう。でもその場合に、刑事さんはこのことについて説明しなければならない。つまり……そもそもボクがなぜ、麻耶を手伝わなければならなかったのか」

「そこは……」

　率直に言って、わからない。だが——。

「……たぶん、だが……君は青木麻耶の手助けをしたのではない、と思う」

「どういうことです？」

「君は……自分のために殺人を行ったんだ。青木麻耶を手伝うのではなく、純粋に自分の動機に基づいて、殺人を遂行した。そう考える」

「……ボクが？　自分のために殺人を？　どうしてそう思うんです？」

「青木麻耶を殺す必要がないからだよ。事件が終われば、遅かれ早かれ殺人の事実は明るみに出る。そのときに君ひとりが生き残って証言するよりも、二人で生き残って自分たちに都合のいい証言をするほうが合理的だろう？　例えば『知らない人間に襲われた』などと言ってね」

「確かに、それはそうですね」

「だが、君はそうしなかった。なぜなら、君が自分の動機……すなわち、青木麻耶を含めた全員を殺害するという目的に基づいて、行動したからだ」

「なるほど……なるほど」

　ふん、と鼻から大きな息を吐くと、しかし大池正人は、未だ余裕の素振りで言った。

「では刑事さん。その『ボクの動機』とは一体、何だと思いますか？　つまり……ボクが探検部の全員を殺すに至ったその理由とは、一体、何なんでしょう？」

「………」

――チェックメイト、か。

川又は、静かに椅子に凭れた。キィ、と金具が苦し気に軋《きし》む音が、逆に詰められた川又自身の降参の声のように聞こえた。

だから、だろうか――ややあってから大池正人は、自らの勝利を確信したかのような、落ち着き払った口調で言った。

「刑事さん。これでお分かりだと思います。あなたがボクのことを疑う理由はあれど、ボクのことを糾弾する理由はないと」

「……ああ、そうだな」

「わかっていただけて、ボクは嬉しいです」

ふっ――と、不意に、大池正人は、どこか悲し気な笑みを口元に浮かべた。

その笑みの意味を、無言で見定める川又に、大池正人は、長く重苦しい沈黙を挟んでから、まるで独り言を呟くように言った。

「刑事さん。これって……なんですよ」

「えっ……?」

今、大池正人は何と言った?

顔を上げた川又に、大池正人は、すべてを吹っ切りながらも、ひたすら虚《むな》しさに耐えるように――辛さを滲ませた表情で、言った。

「そう、〝Linos〟なんですよ。この事件は」

「〝Linos〟……どういう意味だ?」

「…………」

怪訝《けげん》そうな川又に、大池正人は酷く憂《うれ》いを帯びた沈黙で答えた。

――〝Linos〟

ライナス《Linus》か、あるいは、リノス《Linos》か――。

その言葉が、一体何を意味するものなのか。

無言のまま、しばし川又はじっと考え続けた。だが――。

結局、彼には最後まで、目の前にいる大池正人の心の内を推し量ることはできなかった。

エピローグ

愛しのしーちゃんへ。

ボクの仇討ちは、終わったよ。

ボクは君を汚したあいつらを皆殺しにした。そして、あいつらにとってのしーちゃんを、土に埋めてやった。ボクは、君がされたのと同じことを、あいつらにしてやったんだ。

これで、しーちゃんの胸は空いたかな。

少しでも、復讐できたかな。

そうだったら、いいんだけど。

でも、とにかくこれで、終わったんだ。

長かった復讐も、これで、全部――ね。

＊

そういえば、警察はボクのことを酷く疑っていたよ。

思っていたより、あの刑事は優秀だった。単に聞き出し方が上手いだけじゃなくて、洞察力に優れていたし、ボクに自白を促そうとするタイミングも完璧だったと思う。危うく、ボクは刑事に誘導させられるところだったよ。

でも、ボクのほうが上手《うわて》だった。

用意も万全で抜かりはなかったし、何より、刑事にはしーちゃんのことを知りようもなかった。なぜボクがこんなことをしたのかがわからないっていう弱点を突けば、それ以上刑事がボクを追及できなくなることは、よくわかったものね。

お陰でボクは、無罪放免で解放されたよ。

皆からも、随分優しくしてもらえているね。事件の奇跡的な生き残りであって、トラウマを抱えた可哀想な人だと思われているのかな。面白いよね。でも後者は一部分本当だから、必ずしも笑えやしないんだけれど。

＊

それにしても――。

思い返せば、本当に大変だったよ。

あれだけの事件を構築するには、廃墟の下準備もそうなんだけれど、何より「人間」をコントロールする方が難しい。彼らがボクの思いどおりに動くかどうか、そのことが本当に気がかりではあったんだ。

麻耶は、ある意味では簡単だったかな。

だって彼女は、皆を恨んでいたからね。彼女にとっての最愛の人である詩織は、皆に――正確には、そのうち太一と悠也と亜以子だけれど、彼らに殺されたと考えていた。表向き、そういう風には見えなかったけれど、ボクにはよくわかっていたんだ。だって、ボクも連中に同じ恨みを抱えていたんだからね。

だからボクは、麻耶を利用することにした。彼女の恨みを焚《た》きつけて、彼女が自発的に復讐したいと考えるように仕向けたんだ。麻耶がボクの力を借りて「三人を殺してやる」と思うようにね。もちろん、それだとボクには不足だったんだけれど。

ともあれ、だから刑事の洞察力はすごいな、と思ったんだ。

だって、ボクと麻耶が共犯だっていうところまで、見抜いたんだからね。

だから、正直ドキドキしたよ。刑事が、実は亜以子も協力者だったってことにも気づいてしまうんじゃないかってね。

*

慰霊碑に肝試しに行く振りをして、わざと迷って、廃墟に誘い込もう。

それで、いつも強引な浩司を、皆で脅かしてやろう。

そんな誘い口上に亜以子が乗るかどうか、正直、不安ではあった。

ましてや、去年死んだ詩織をダシに使おうとするんだから、もしかすると「そんな不謹慎なことはできないよ」って、断られる可能性もあった。

でも、杞憂《きゆう》だったよ。亜以子は乗り乗りで話に乗ってきた。馬鹿な子だな、と思ったけれど、それはボクにとっては本当に幸運なことだった。

だから、亜以子の気が変わらないうちに、ボクは麻耶とともに、彼女と計画を練ったんだ。

「まず、迷った振りをして廃墟に誘い込もう。中庭に行くと卒塔婆があるから、亜以子は逃げてくれ。その間に、太一が死体になる。もちろん、死体の振りをするだけだけどね。次に、麻耶が逃げ出す。その間に、今度は悠也が死体になるよ。きっと、浩司は心底怖がるだろうね。それで最後に、亜以子、君が逃げ出して中庭に戻ってきてくれ。そこで浩司にネタばらしを、しよう」

ボクは、感謝している。亜以子が、この計画を忠実に遂行してくれたことを。

もちろん、すべてが順調だったわけじゃなかった。

最初に亜以子が逃げ出して、皆が追いかけたとき。

太一はいつも口先だけで、咄嗟《とっさ》のときに足が竦むだろうという予想どおり、あいつは最後まで中庭に残っていた。だからこそ、麻耶は太一を刺し殺し、目玉を刳り抜いて、土饅頭を作ることができた。けれど、思ったより時間が掛かったのか、なかなかボクたちがいる場所に追いつかなかった。咄嗟に扉の数字の話を持ち出して時間を稼いだのは、ボクのファインプレーだったかもしれない。

それから麻耶が、計画どおりに逃げ出した。ボクは最後尾の悠也を捕まえると、あいつを殺して腹を裂き、臓物をぶちまけてやった。しーちゃん、君と同じ目に遭わせてやったんだよ。もっとも、今度はあまり時間もなかったし、あいつのキャップだけしか埋めてやることはできなかったけれどね。

ここまで来てもまだ、亜以子はこれがボクたちの悪戯だと信じていたんだろうね。

迫真の演技で、また逃げ出したよ。でも亜以子は、中庭に戻ってくるとわかってたから、ボクは二手に分かれることを提案して、麻耶とともに中庭に行った。そして、二人掛かりで亜以子を殺すと、首を斬って土饅頭を作ってやったんだ。最後の最後に、亜以子が見せた驚きの顔。今も忘れられないよ。思わず、笑いを噛み殺してしまうね。

こうして、麻耶にとっての復讐は終わったことになる。

だから彼女は、出口を探そうと言い出した。廃墟の構造にボクらは熟知していたし、「鍵の掛かっていない出口」の番号は「7番」だとあらかじめ打ち合わせていた。つまり麻耶は、その出口に行って、一刻も早くこの廃墟から出たがったんだ。

けれど、もちろんボクの復讐はまだ、終わってはいない。

むしろボクの本題は、ここからだったんだ。

実はね、ボクは麻耶に、嘘の番号を伝えていたんだ。「鍵の掛かっていない出口」は、7番じゃなく、違う番号だったんだ。

だから、麻耶は驚いていたね。出られるはずの7番出口から出られないんだもの。

怪訝に思っただろうね。

でも、それだけだとつまらない。だからボクはあらかじめ用意しておいた血糊《ちのり》の入った袋を破ると、そっと床に血を撒いたんだ。

それを発見したときの浩司と麻耶。本当に無様だったね。麻耶に至っては何が何だかわからなかったんじゃないかな。だって、打合せと違う出来事が起こったんだものね。

で、案の定。二人は中庭に駆けていった。

精神病院って、よくできているよね。心理的に中庭に行きたくなるように作られているんだ。そうでないと、自分を見失った人間を収容なんかできないからなのかな。

とにかく、ボクたちは中庭に戻った。目論見《もくろみ》どおりにね。

そしてこれも狙いどおり、皆気づいてくれたんだ。

卒塔婆に、下の句が書き加えられていることをね。

実はね、卒塔婆の下の句は、ボクがこっそりと書き込んでおいたものなんだ。ただ、その下の句の部分は、土饅頭に埋めていた。だから最初は、上の句しか見えなかった。けれど、亜以子を殺したとき、ボクはこっそりとその卒塔婆の下の句が見えるように、少し上に抜いておいたんだ。

それが彼らには、突然下の句が現れたように感じられたんだろうね。滅茶苦茶驚いていたよ。

特に、麻耶のパニックは、面白かったね。「ボクは知らない」なんて、幼児退行しちゃってさ。彼女は確か、小さいころに親戚の性的暴力を受けたことがあるらしいけれど、そのときのことを思い出したのかもしれないね。

ともかく、麻耶は逃げ出した。陳腐な表現だけど「脱兎《だっと》のごとくに」ね。けれど、彼女がどこに行くかもわかっていた。

なぜならボクらは、あらかじめ示し合せていたからだ。「何か不測の事態が起きたら、霊安室に集まろう」って。

*

案の定、麻耶は地下の霊安室の前にいた。

ホルマリンの臭いがすることにはびっくりしたかもしれないな。でも、彼女自身がそれどころじゃなかったんだろう。ボクに「どうする？　ボクもうわからない」って泣きじゃくりながら訊《き》いてきた。

だからボクは、麻耶を殺した。

ボクは化学専攻で、よからぬ薬品を持ち出せた。それを使って意識を失わせれば、殺人は容易だった。事が終わると、ボクは麻耶の舌を切り取り、詩織の写真とともに思わせぶりに放置した上で、身体はホルマリン槽に放り込んでやった。面倒だったけれど、彼女には最後に「犯人」になってもらわなきゃならないから、これは必要なプロセスだった。

それから、ボクはすぐに、浩司と凛と合流すると、ホルマリン臭を辿るようにして、二人を霊安室に連れて行った。

浩司が逃げ出した。予想どおりにね。

ここまでくれば、あとはもう少しだ。凛と一緒に中庭に行くと、浩司が狂ってた。これも予想どおりだった。ボクの予定では、狂った浩司を不可抗力を装って卒塔婆で殴り殺す予定だったんだ。ただ、予想外だったのは、思いのほか浩司の抵抗が大きかったことだ。

正直、馬乗りになられて、劣勢だったんだ。

でも、さらに予想外のことが起きた。

凛が、ボクの代わりに卒塔婆で浩司を殴ってくれたんだ。

お陰で、ボクは目的を達することができた。もちろんボクも浩司にトドメを刺したよ。憎い奴だからね。しーちゃんの仇、とばかりに、頭に卒塔婆を振り下ろしてやった。あの、スイカが潰れるみたいな感触。本当に爽快だったよ。しーちゃんにも味わわせてやりたかった。

あとは、凛だけだった。

凛は賢いから、ボクではなく麻耶のことを疑うだろうともわかっていた。

だから、どちらかというとあのとき、ボクの敵は時間だった。夜が明けてしまう前に、すべてのケリを付けなければと思っていた。

そしてボクは、凛を中庭のあのポイントに誘い出した。

弓月が綺麗だった。でも、これで終わる。そう思ったボクは、その月に向かってジャンプし、手を伸ばし、そこにある紐を引っ張った。

土が、凛の身体を覆った。

彼女は、生き埋めになった。

そしてボクは理解した。これで、すべてが終わったのだと。

*

それからは、大したことはしていない。

血塗れの衣服をホルマリンに浸して、臭いを誤魔化した上で、近くの谷底に捨てると、用意しておいた代わりの衣服を着て、ボクは警察に通報した。

刑事の取り調べを受けて、釈放されて、今に至る。

これが、ボクの仇討ちの顛末だ。

それで——この手記を書いている。

何の目的があるわけでも、誰のために書いているわけでもないけれど、ボクは、ボクの心を整理するために、この手記を書いているんだ。

なぜ、そんなことをしているのか。

正直に言って、ボクにもよくわからない。

でも——。

しーちゃんは今、土の下にいる。そしてボクは彼女のために、仇たちの死体と、奴らが大事にしていたものを捧げた。達成感に打ち震えつつ、そのとき、ボクは思ったんだ。

事件は完璧に計画し、遂行し、いわゆる完全犯罪を成し遂げられた。

けれどその一方で、わだかまっているボクもいる。

ボクのしていることは、狂気なのかな。

だとすればなぜ、まだこの狂気が収まる気配がないのだろう。

もしかして、だけれども――。

ボクは、知って欲しかったのもしれない。

せめて、あの聡明な刑事に、気づいてほしかったのかも、しれない。

気づいてもらえなかったから、こんな手記を残しているのかもしれない。

そう。誰かに見てもらいたいのかもしれない。

聞いてもらいたかったのかもしれない。

知ってもらいたかったのかもしれない。

この、悲歌《Linos》を。

神の怒りに触れて殺されたギリシャ神話の歌い手、リノス《Linos》の悲劇の如き、この、悲しい歌を――。

＊

しーちゃんの姿は、瞼を閉じれば、いつも思い出せた。
つぶらな黒目。
くたった身体つき。
そして、全身を覆う毛。
かつては白かったそれは、長年の汚れで灰色に変色している。
かつてはしなやかだった尻尾《しっぽ》も、だらりと垂れ下がっている。
何本もあったヒゲも、もうあらかた抜けてしまった。
けれど、それは、紛れもなく、ボクの大事なしーちゃんだ。
しーちゃん。
白いネコのぬいぐるみ。
白いから、しーちゃん。まだ子供のころのボクがつけた、名前だ。
ボクはそれから、大人になり、そして彼女は古くなった。

でもボクは、彼女を手放すことなく、いつも一緒にいた。いつも抱きしめて、いつも一緒に布団に入った。彼女と、今日の出来事を語り合いながら眠りに落ちるのが、ボクの欠かさない日課だったのだ。

この執着が、心理学で言うところの「ライナスの毛布」だということは、十分にわかっていた。

でも、わかっているから手放せるかというと、そうではない。

世の中に誰か、理屈に合わないからという理由で、親友や最愛の人をあっさりと手放せる人間はいるのだろうか？

中にはいるのかもしれないが、ボクはそうじゃなかった。

だからボクは、彼女を手放さなかった。

ずっと、ずっと――無二の親友であり、最愛の恋人であり続けたのだ。

だから――。

そんな日が、ボクは永遠に続くものだと思っていたのだ。あの、忌まわしい合宿の日が来るまでは。

そう、詩織が倒れたのだ。

誰かが、ボクがこっそり持ってきたしーちゃんを、ボストンバッグから出していた。

タオル代わりにしようとしたのか、それとも厚みがあるからちょうどいいと思ったのかは知らない。

知っているのはただ、しーちゃんの身に何が起こったかだ。

そして、だからこそボクは、奴らを同じ目に遭わせてやったのだ。

麻耶は、何かない？　と言って、ボストンバッグの中を指示した。それでしーちゃんは無理やり取り出された。その罪は万死に値する。だから麻耶がもう喋れないよう舌を切り取ってやった。

浩司は、しーちゃんを詩織の頭の下に入れた。しーちゃんが無残に、頭を潰された。その罪は万死に値する。だから浩司の頭を同じように叩き潰してやった。

悠也は、詩織の吐瀉物を拭く綿を取り出すために、しーちゃんの腹を裂いた。しーちゃんはボストンバッグから引きずり出されたとき、ファスナーが引っかかって傷ができていた。その傷を無理やり広げて、大事な綿を取り出した。その罪は万死に値する。だから悠也の腹を裂いて腸《はらわた》を取り出しぶちまけてやった。

亜以子は、しーちゃんの首を千切っていた。その罪は万死に値する。だから亜以子の首を切り取ってやった。

太一は、八つ当たりするようにしーちゃんの目を引きちぎった。その罪は万死に値する。だから太一の目玉を刳り抜いてやった。

凛は、ずたぼろになったしーちゃんを土に埋めていた。ボクに断りもなく。その罪は万死に値する。だから凛は土に埋めてやった。

こうして、すべては終わった。

無に帰した。

そして――。

ボクは、気づいた。

もう僕が、できなくなっていたということを。

そう、思い出せなくなっていたのだ。

瞼を閉じれば、いつもそこにいたはずのしーちゃん。その姿はもう、どこにも浮かんではこなかったのだ。

そう、僕は気づいてしまったんだ。

しーちゃんの仇討ちを終えてしまった僕は、もうボクには戻れないのだということを。

だから、ね。しーちゃん？　君には、わかる？

まさに今、僕は、まるで土饅頭に埋められたような気分なんだよ。

＊

僕は、確信している。
この手記を誰かが読むとき、僕はまさしく、土の下にいるだろう。
でも、わかってほしい。
これは、僕が望んだことなのだということを。
そう。僕は、欲しているんだ。
僕を、しーちゃんと一緒に土葬してもらうことを。
それを、心から渇望しているのだということを。
そうさ、だから――。
しーちゃん。
一緒に眠ろう。
暗い、土の下で。
いつまでも。いつまでも。

本作品はフィクションです。実在する個人、
事件、団体などとは一切関係がありません。

本書は書き下ろしです。

実業之日本社文庫　最新刊

土葬症　ザ・グレイヴ

実業之日本社文庫　好評既刊

周木律
不死症《アンデッド》
ある研究所の瓦礫の下で目を覚ました夏樹は全ての記憶を失っていた。彼女の前に現れたのは人肉を貪る異形の者たちで!?　サバイバルミステリー。
し21

周木律
幻屍症　インビジブル
絶海の孤島に建つ孤児院・四水園——。閉鎖的空間で起こる恐るべき連続怪死事件に特殊能力「幻屍症」を持った少年が挑む！　驚愕ホラーミステリー。
し22

浦賀和宏
カインの子どもたち
「死刑囚の孫」という共通点を持つ立石アキとジャーナリストの泉堂莉菜は、祖父らの真実を追うためにある調査に乗り出した——。書き下ろしミステリー。
う51

嶋中潤
死刑狂騒曲
死刑囚を解放せよ。テロ組織から脅迫状が届いた。女性刑事は体当たりの捜査で事件解明に挑む。犯罪サスペンス×どんでん返しミステリー！（解説・千街晶之）
し41

椙本孝思
読んではいけない殺人事件
人の心を読む「読心スマホ」の力を持った美島冬華。後輩のストーカー被害から、思わぬ殺人事件の「記憶」に辿りついてしまい——!?　傑作サイコミステリー！
す12

知念実希人
レゾンデートル
末期癌を宣告された医師・岬雄貴は、不良から暴行を受け、復讐を果たすが、現場には一枚のトランプが……。最注目作家、幻のデビュー作。骨太サスペンス!!
ち14

真梨幸子
6月31日の同窓会
同窓会の案内状が届くと死ぬ!?　伝統ある女子校・聖蘭学園のOG連続死を調べる弁護士の凜子だが……先読み不能、一気読み必至の長編ミステリー！
ま21

吉田恭教
凶眼の魔女
幽霊画の作者が謎の自殺。疑問を持った探偵の槙野康平は調査に乗り出すが、連続猟奇殺人事件に巻き込まれてしまう。恐怖の本格ミステリー！
よ61

実業之日本社文庫 し23

土葬症《どそうしょう》　ザ・グレイヴ

2019年6月15日　初版第1刷発行

著　者　周木《しゅうき》 律《りつ》

発行者　岩野裕一
発行所　株式会社実業之日本社
〒107-0062　東京都港区南青山5-4-30
CoSTUME NATIONAL Aoyama Complex 2F
電話［編集］03(6809)0473［販売］03(6809)0495
ホームページ　http://www.j-n.co.jp/
DTP　ラッシュ
印刷所　大日本印刷株式会社
製本所　大日本印刷株式会社

フォーマットデザイン　鈴木正道（Suzuki Design）

ISBN978-4-408-55481-5（第二文芸）